VOIX
DANS LA
PAGODE

F. GRANIER

VOIX

DANS LA

PAGODE

SAIGON

IMPRIMERIE COMMERCIALE C. ARDIN

1924

VOIX DANS LA PAGODE

PREMIÈRE PARTIE

CHAPITRE PREMIER

On célébrait un anniversaire à la pagode de Binh Yên. De tous côtés, dans les paddys printaniers, serpentaient des théories de pèlerins attentifs aux pressants appels des tam-tams graves. Dans leurs rangs, sur les tuniques sombres, flamboyaient les teintes crues des cache-seins coquets et des ceintures éclatantes. Et tout ce peuple, au fur et à mesure, s'engouffrait dans la foule grouillante qui, sous les lourdes oriflammes bariolées du parvis, hurlait sa joie en récitant des oraisons ou grignotait des friandises que débitaient des marchandes installées au pied des grands banians.

A l'intérieur du temple, une fois les rites terminés, les notables du village s'étaient mis à festoyer et consommaient très dévotieusement les mets préalablement offerts aux idoles. Les prouesses de beuverie allumaient progressivement les visages, et cela ne semblait pas déplaire aux divinités indulgentes, dont le sourire nimbé d'ors, de lumières et d'encens, planait sur les plateaux de victuailles hiérarchiquement répartis. Dans l'ordonnance du festin, les préséances étaient sauves ; chacun s'empiffrait selon son rang et le *Tien Si*, qui présidait les tables, prêchait d'exemple. Sur sa tête chenue, la mitre évoluait avec une fantaisie croissante. Lorsqu'elle fut tout à fait penchée du côté de l'oreille droite, ses compagnons comprirent qu'il s'apprêtait à parler. Effectivement, ayant lampé une dernière tasse d'alcool de riz, il déposa devant lui le récipient vide et dit :

— En vérité, Bouddha tient pour agréables et ne manque jamais de récompenser les offrandes que lui font ses fidèles.

C'était le prélude. Chaque année à pareille époque, depuis que le *Tien Si* était *Tien Si*, celui-ci répétait invariablement, dans les mêmes circonstances de temps et de lieu, la même formule, et comme tout le monde savait ce qui allait suivre, en un clin d'œil les clameurs du dehors s'apaisèrent ; du parvis, la multitude déferla dans le sanctuaire, les nefs se remplirent, et c'est à la faveur d'un silence religieux que la voix chevrotante de l'Ancien commença son récit.

— Il existait autrefois, bien avant que les Français vinssent au Tonkin, deux vieillards, aussi cassés que je le suis, mais que leur destinée avait faits pauvres, très pauvres. Ils s'aimaient comme deux époux, parfaitement unis et ils auraient été heureux, malgré leur indigence, s'ils avaient eu l'enfant qu'ils demandaient vainement au Ciel de leur donner. Pourtant, leur condition était des plus pénibles. Ne possédant rien qu'une hutte misérable et un sordide mobilier, leur unique moyen d'existence consistait à ramasser du bois mort dans la forêt et à le porter, afin d'en retirer quelque argent, sur les marchés des environs. Ils n'en trouvaient pas moins l'occasion de pratiquer l'aumône à l'égard des bonzes d'une abbaye proche, à qui ils remettaient pieusement la dîme spontanément prélevée sur leurs modestes profits. Celle-ci était quelquefois si large qu'elle absorbait la totalité de leur gain et cela arrivait notamment quand, sans s'être auparavant concertés, ils se rendaient séparément à la pagode, où ils vidaient leur escarcelle, comptant l'un sur l'autre pour parer aux dépenses communes du ménage. Dans ce cas, à défaut de *com*, ils se contentaient d'herbes bouillies, cueillies au fond des clairières.

— De pareils actes de piété deviennent de plus en plus rares, observa sentencieusement un bonze.

Sans lever les yeux qu'il gardait pudiquement baissés dans une assistance où il y avait beaucoup de femmes, il ajouta, en penchant son crâne nu :

— Aussi bien, nos pagodes tombent-elles en ruines. Nous avons toutes les peines du monde à réparer, faute d'argent, les statues de nos Bouddhas lorsqu'elles sont vermoulues.

Mais, ces doléances n'étaient pas du goût de tous les auditeurs. L'un d'eux, dont la mine futée annonçait beaucoup d'audace, le fit bien voir.

— Qu'avez-vous à vous plaindre, maître ? répliqua-t-il. Votre écuelle n'est-elle pas toujours pleine et votre marmite a-t-elle jamais manqué de riz ?

Le *Tien Si* dut intervenir pour mettre fin à un débat qui aurait eu vite tourné à l'aigre.

— Le maître-bonze a raison, poursuivit-il. La foi s'en va et il n'y a pas vingt ans encore, personne, dans une assemblée comme celle-ci, n'eût osé élever de protestation contre les remarques d'un saint moine. C'est pourquoi, lorsque les cénobites de l'abbaye, dont nos deux vieillards étaient les quotidiens bienfaiteurs, décidèrent de doter leur temple d'une cloche toute neuve, les dons de tous côtés affluèrent. Les croyants à plusieurs lieues à la ronde apportèrent leur obole et les deux glaneurs de bois mort, n'ayant rien à offrir, se défirent d'une sébile de cuivre, dernier vestige d'une lointaine médiocrité. La cloche fut fondue, mise en place au milieu d'un immense concours de peuple, et après qu'elle eût tinté pour la première fois, on brûla la longue liste des donateurs, pour que leurs noms, portés par les flammes propices, fussent connus au Ciel.

Les vibrations argentines s'étaient répercutées jusqu'aux immortelles demeures. Dieu les entendit, voulut en savoir la cause et, s'adressant au Génie qui présidait aux destinées de l'Annam: « Qu'est-ce donc? demanda-t-il». Celui-ci lui expliqua ce qui se passait et lui présenta la liste que le feu n'avait pas détruite, mais seulement immatérialisée. Voici les noms de ceux qui ont participé à cette action méritoire. Il fut convenu qu'on récompenserait les plus dignes d'entre eux et le choix s'arrêta sur les deux vieillards : — Que désirent-ils? interrogea le souverain Dominateur des mondes. — Ils réclament un fils. — Ils sont un peu vieux pour cela; cependant, il n'est pas impossible de les satisfaire, à la condition que tu me cèdes l'un des trois enfants que tu as ici près de toi. Le Génie y consent; mais à la perspective de se réincarner, ses deux aînés refusent d'accéder à sa prière. Le troisième esquisse une moue de dédain en apprenant le sort qui l'attend ici-bas. — « Comment pourrais-je, moi qui suis de souche royale, m'abaisser à renaître dans une famille de malheureux? » Son père l'encourage, lui promet son assistance et obtient son assentiment. Le prodige ayant été décidé, un dragon lumineux se précipita dans l'espace et vint couvrir sur sa couche nocturne la pauvre vieille dont les entrailles tressaillirent, pendant qu'aux yeux de son compagnon, l'humble cabane s'incendiait soudain d'irradiantes clartés.

— L'intervention du Dragon, interrompit un lettré qui portait lunettes, est un signe de future royauté. J'en veux pour preuve ce sorcier chinois qui, très versé dans la science des astres, jadis supputa, d'après leurs conjonctions, l'existence d'un dragon au pays d'Annam ; il s'en vint jusqu'au Dong Trieu, où il rencontra un jeune gardien de buffles que sa mère, femme à demi-sauvage, avait conçu à la suite de son accouplement avec un renard. Lui ayant promis quelque menue monnaie, il l'amène à plonger dans une rivière qui coulait tout près d'eux. Sorti de l'eau, l'enfant lui révèle la présence d'un animal mystérieux qui est celui que l'oncle étranger recherche. A cette nouvelle, celui-ci retourne dans sa terre d'origine, fait creuser la tombe de son père dont il emporte les ossements à l'intérieur d'un coffret de bois. Revenu au Dong Trieu et y ayant retrouvé l'enfant : « Plonge à nouveau, lui dit-il, tâche d'insinuer ce coffret dans la gueule du monstre. »

Mis en défiance, le gardien de buffles, qu'une inspiration secrète peut-être conduit, répond par des propos dilatoires et prie le Chinois de l'attendre quelques instants. Rentré chez lui, il interroge sa mère : « Qui est mon père ? » — Tu n'en as pas, confesse-t-elle. — Comment ? — Oui, car c'était un renard — Et où est-il présentement ? — S'étant oublié certain jour jusqu'à dévorer les poules de nos voisins, il fut mis à mort et mangé par eux. — Pourrais-je savoir où gisent ses restes ?

Complaisamment, elle fournit les indications qu'il réclame et grâce auxquelles il put se procurer des débris de l'animal abattu. Les ayant roulés dans une feuille de latanier et muni de ce fardeau, il se rendit auprès de l'étranger. — Qu'est ceci ? fit le Chinois soupçonneux. — Une boule de riz cuit pour mon repas du soir. L'enfant consentit à se charger de la cassette ; mais s'en étant débarrassé aussitôt arrivé au fond de la rivière, à sa place, il introduisit son propre rouleau entre les mâchoires du dragon. Et c'est lui qui fut roi au lieu du sorcier dont les regards fouillèrent longtemps le champ des étoiles avant de découvrir les causes de sa déconvenue.

Cette anecdote réjouit toute l'assistance, heureuse du bon tour joué par un de ses neveux facétieux à l'Oncle tyrannique et exécré. Lorsque les rires furent calmés, une *bagia*, impatiente d'arriver au dénouement, formula tout haut la pensée qui l'obsédait :

— Ce qui veut dire que le fils des deux vieillards ceindra la couronne !

— Ne préjugeons de rien, répartit le *Tien Si*, fort désireux de ménager ses effets. Nous ignorons encore qui va naître ; sera-ce un garçon ou une fille ? Tout ce que nous savons, c'est que des deux vieilles tiges de bambou poussera un rejeton.

* * *

Après un temps pendant lequel les conversations s'étaient donné libre cours, transformant la pagode en un bruyant champ de foire, le *Tien Si* ayant ramené sa mitre sur le haut de son crâne, poursuivit son récit :

— L'enfant naquit, apportant la joie dans l'humble chaumière, et c'était un garçon, auquel fut donné le nom de Pham Thong. Il avait la taille d'un enfant de six ans, toutes ses dents et une longue mèche d'épais cheveux sur le sommet de la tête. Ainsi en arriva-t-il jadis au divin Bouddha, lorsque venu au monde dans le palais de ses pères, il s'éleva au-dessus du sol, parmi ses parents étonnés, ayant pour pavois le calice resplendissant d'un lotus miraculeux. D'autres eussent rougi de honte à la place de Pham Thong, devant l'atroce détresse dont toutes choses témoignaient dans la demeure qui devint la sienne. Il y eut de tout temps des êtres assez dénaturés pour s'offusquer de la pauvreté de ceux qui leur ont donné le jour. Ceux-là, nos dieux, dont le culte a pour base la piété due aux ancêtres, ne sauraient les protéger ni les bénir. Au contraire, Pham Thong fut pris d'une pitié profonde et impatient d'éviter aux siens les fatigues de la tâche quotidienne, il prétendit les suppléer dans leur ingrate industrie, sauf, s'il avait trop présumé de ses forces, à se résoudre à mendier.

Energiquement, les deux vieillards, alarmés par les dangers qu'il pourrait courir en forêt, s'y refusèrent, déclarant au surplus que leur fils ne tendrait pas la main tant qu'il leur resterait assez de vigueur pour lui gagner son riz. Exténué par la misère, le travail et par l'âge, le père, sur ces entrefaites, mourut. Grande est la désolation à ce foyer où les cœurs étaient préparés aux plus rudes épreuves, hormis à celles que le deuil amène avec lui. On ne se sépare pas après plus de soixante ans de vie commune, sans que s'ensuivent les plus poignants déchirements; la veuve était inconsolable, et l'enfant l'était tout autant qu'elle, ayant appris à aimer et à révérer à l'égal d'un Sage celui dont la mort le faisait orphelin. Ils n'étaient pourtant pas au bout de leurs peines. Les derniers soins donnés au défunt avaient épuisé toutes leurs ressources. Il ne leur restait plus un *tien*, et la mère, dans l'état lamentable où elle se trouvait, était impuissante à se procurer l'argent nécessaire aux funérailles. Fallait-il abandonner le vieillard sans sépulture ? Crime, rien que d'y songer !

Devant la dépouille mortelle des siens, le fils d'Annam renonce d'instinct à son avarice native, et tout l'apparât que ses moyens lui permettent, il sait le déployer pour leur assurer des obsèques dignes d'eux; nous en avons eu parmi nous qui, dans l'excès de leur tendresse, ensevelissaient tout leur avoir avec le corps de ceux qu'ils pleuraient, quittes à accepter le lendemain des besognes serviles, lorsqu'en s'abstenant de ces vanités folles, ils auraient pu rester leurs maîtres et vivre indépendants et heureux.

Pham Thong entreprend donc d'apitoyer sur son sort quelques habitants aisés du village ; ils lui ferment leurs portes. De guerre lasse, enfreignant la consigne de ses vieux, il s'aventure dans la forêt, y ramasse un fagot de bois mort qu'il revend et dont il retire trois sous. Il se procure pour un sou de lingots en carton doré, pour un sou de cierges et pour un sou d'encens, et le sorcier ayant refusé de rédiger gratuitement la formule rituelle dont on recouvre le visage des morts, il l'écrit lui-même sur du papier de soie à l'aide du pinceau qu'il manie déjà. Et le pauvre vieillard s'en fut, porté par sa femme et son fils, jusqu'au grand arbre sous lequel s'ouvrait sa tombe. La veuve y descendit avant lui, s'y roula, en gémissant, dans la poussière, puis ayant pris le cadavre entre ses bras, elle le déposa pieusement sur un lit de fleurs et de feuilles aromatiques qu'elle lui avait disposé au fond de la fosse. Enfin, celle-ci se referma, et sur le tertre qui fut marqué d'une grosse pierre, Pham Thong et sa mère s'assirent en pleurant.

Pourquoi pleurent-ils? La mort n'a-t-elle pas été une délivrance pour celui qui vient de les quitter? Ses jours furent remplis et bien remplis. La souffrance, la dure souffrance de tous les pauvres dont l'échine se courbe, sous la morsure du soleil d'Annam, vers la glèbe âprement nourricière, n'est-ce pas tout ce qu'il connut de la vie? Il avait droit au repos, et le repos est venu. Ah ! non certes, il ne pâtira plus dans sa chair ni dans son esprit. Les sept éléments de son être se sont reconstitués pour cette existence d'outre-tombe où la douleur et la béatitude nous accompagnent, selon que nous avons commis le mal ou pratiqué le bien. Mais qu'a-t-il à redouter des rigueurs de Dieu, l'homme qui, fidèle observateur des préceptes de Bouddha, a passé, comme ce vieillard, ses jours à respecter les idoles et à les faire respecter autour de lui?

Dans l'autre monde, sa place est au milieu de ceux que le Ciel récompense ; il est allé y attendre les siens, dont le culte assurera entre eux et lui la continuité de la chaîne qui les unit.

Notre pitié doit s'adresser plutôt à ceux qui survivent et c'est peut-être sur eux-mêmes que ces deux désespérés se lamentent ainsi. La vieille est à bout de forces et son fils n'a pour lui qu'inexpérience et faiblesse. Incapables l'un et l'autre de subvenir à leurs nécessités, que deviendront-ils ? Triste présent que cet enfant ! serait-elle tentée de penser, si elle était femme à se révolter contre les desseins d'En Haut, et lui, en supposant qu'il se souvienne de ce qu'il était précédemment dans le Ciel, ne regrette-t-il pas une transformation qui le voua sans remède à tant de misères ? Les lendemains qui s'ouvrent devant eux sont lugubres. La hutte de branchages menace ruine ; qui la reconstruira ? Dans la hutte, tout a été vendu de ce que l'usure du temps avait épargné ; il n'y a plus un grain de riz ni de maïs ; depuis longtemps le sel manque et c'est à mendier qu'il faudra se résoudre, à parcourir chemins et villages à un âge où, pour tous deux, cette existence qui est une nouveauté, doit, à brève échéance, les conduire au tombeau. Eh bien, ils s'y résoudront, et pour acquérir le courage nécessaire, ils se tiennent longtemps en communication avec l'esprit du défunt, sur le tumulus duquel, vaincus par la fatigue, quand la nuit fut venue, ils s'endormirent.

Ici, la voix du narrateur se tut; l'on entendit quelques *oi chu oi* étouffés et l'on vit le *Tien Si*, lui-même, essuyer sur le revers de sa manche de satin une larme qui perlait entreses paupièresridées.

*
* *

Le porteur de mitre, rapidement remis de sa courte émotion, reprit le fil de son récit.

— Pham-Thong ni sa mère ne furent réduits à mendier. Un jour que l'enfant se trouvait dans la forêt, il s'approcha de l'arbre sous lequel gisait son père et en heurta le tronc avec le doigt. Quelle ne fut pas sa surprise d'en voir jaillir aussitôt des grains de riz et un flot de thé bouillant. Il court prévenir la vieille femme et tous deux, pieusement, se prosternèrent pour remercier le Ciel du secours qu'il leur envoyait.

Des exclamations coupèrent la parole du narrateur. C'étaient des ménagères qui s'extasiaient sur ce prodige et souhaitaient qu'il se produisît pour elles, au moins au cours des années de disette, quand le pauvre peuple est condamné pour vivre à s'abreuver à l'eau des mares et à disputer aux cochons leur nourriture nauséabonde. L'une d'elles, dont la cupidité était légendaire, renchérissait encore sur les vœux de ses compagnes.

— Si pareille bonne fortune me survenait, disait-elle, je remplirais sans tarder mes jarres et mes celliers, et n'aurais de repos qu'après avoir exprimé de l'arbre nourricier toute sa précieuse substance.

— Tais-toi donc, fit le *Tien Si*. Ce n'est pas une raison, parce que tu prêtes au taux de cinq pour cent par jour, pour que tout le monde te ressemble. Nous paraissons oublier un peu trop souvent que Bouddha, le fondateur de notre morale, nous donna l'exemple de la médiocrité. Alors qu'il pouvait, très légitimement, achever ses jours dans l'opulence et les honneurs, il renonça de lui-même à tous ces avantages et, quittant la cour du roi son père, s'en fut courir le monde, sous la bure du moine mendiant.

— Bien parlé, approuva le bonze dont l'œil jeta une rapide lueur sous la paupière à demi-close.

— Je suis heureux de votre approbation, Maître, poursuivit le conteur. Mais ce sont là des vérités qu'il vous appartiendrait de nous rappeler, ce que vous négligez de faire. Vous ne prêchez plus, comme vos saints règlements vous y obligent, et l'on ne vous entend élever la voix que pour clamer votre pauvreté et solliciter l'aumône. Je regrette d'avoir à vous le dire et assumer ici, aujourd'hui, une tâche qui est, avant tout, la vôtre. L'histoire de Pham-

Thông est pleine d'édification et c'est moi qui la commente. Lui, du moins, ne tomba point dans le travers de cette avaricieuse dont la rapacité n'a plus de frein. Il sut borner ses désirs et interpréter les intentions du Génie, qui leur était bienfaisant, en ne demandant à la source miraculeuse que la provende quotidienne, suffisante aux besoins de sa mère et aux siens.

Cela lui permit d'avoir l'esprit en repos et de réaliser le rêve qu'il formait de s'instruire. Tout d'abord, la vieille avait traité ce projet de folie. Rien qu'au vu des haillons dont il était revêtu, le professeur de caractères, dont on ne pouvait rémunérer la peine, refuserait de l'admettre parmi ses disciples. Il insista, obtint qu'elle l'accompagnât et fut si éloquent par ses supplications et ses larmes, que le maître d'école consentit à l'agréer, à la condition qu'il serait tenu à l'écart de ses camarades payants, seul dans un coin, derrière la porte, et qu'il se chargerait des besognes domestiques, de nettoyage et de propreté. Ces clauses, qui humilieraient aujourd'hui plus d'un de nos jeunes écoliers vaniteux, amateurs de souliers vernis et d'en-cas plus que de véritable science, remplirent de joie notre adolescent et, tout de suite, il se distingua autant par sa précocité que par son ardeur au travail.

Prétendre qu'il ne fut pas en butte aux railleries de ses condisciples mieux habillés et fiers, beaucoup trop fiers de leur aisance, ce serait mentir à la vérité. L'un d'eux, surtout, s'était acharné contre lui, lui infligeant toutes sortes d'odieuses brimades que l'enfant supportait avec la résignation confiante de ceux qui ont foi dans la justice du Ciel. Cette confiance ne fut pas déçue. L'affreux garnement, qui avait déjà presque l'âge d'homme, était de ces sots prétentieux qui promènent, sans jamais rien apprendre, sur les nattes des écoles, avec leurs *cai quen* de soie, la légende d'une fictive opulence et de fort nébuleuses origines. On ignora longtemps de quelle manière il subsistait. En réalité, c'était aux crochets d'une goule. Elle lui était apparue certain soir qu'il apprenait sa leçon du lendemain dans sa paillote solitaire. Il l'avait acceptée pour femme, car elle était d'une beauté ravissante, et si elle ne se montrait pas à lui pendant le jour, en revanche elle lui procurait, durant leurs nuits conjugales, d'indicibles voluptés. Elle lui assurait, au surplus, le vivre et le couvert, et quand il rentrait au logis, il y trouvait le plateau servi et chargé de mets de choix. En dépit d'une nourriture substantielle, l'étudiant cependant dépérissait ; il ne fut bientôt plus que l'ombre de lui-même, et comme les médecins avouaient leur ignorance d'un mal qui les déconcertait, c'est Pham-Thong qui découvrit et révéla le mystère de la goule. Le cas de l'égrotant était désespéré ; la femme fatale, dans le dessein de l'entraîner avec lui au séjour des ombres, lui avait déjà ravi six de ses sept éléments vitaux.

Cette consultation valut à Pham-Thong l'estime respectueuse de ses camarades et son maître commença à s'intéresser davantage à un élève dont les progrès rapides avaient fait, d'ailleurs, le premier sujet de sa classe. Il excellait en tout, mais plus particulièrement dans les compositions poétiques. Il était à l'âge où l'amour chante au cœur ses hymnes troublants et sans avoir encore rien de précis dans ses rêves, il entrevoyait la fiancée idéale qui serait quelque jour la compagne de sa vie. « Sourire, écrivait-il, est semblable à une fleur qui s'épanouit ; les paroles jaillissent de ses lèvres comme de purs diamants ; les nuages envient la mousse légère de ses cheveux ; son teint est plus blanc que la neige ; pareils à la feuille du saule, ses sourcils dessinent un arc gracieux sur son front. Elle est belle à renverser villes et royaumes. »

Alors, quand plein de ces intérieures visions, son âme vibrait sous le souffle du génie nouveau qui le possédait, Pham-Thong éprouvait le besoin de se répandre en lieds dont la mélancolie peuplait les vallons et les bois. « Si nous ne sommes pas faits l'un pour l'autre, disait-il, pourquoi suis-je devenu la victime de sa beauté provocante? Son image me poursuit partout ; elle est sans cesse présente à mes yeux. N'y tenant plus, j'ai voulu visiter les lieux témoins de notre premier rendez-vous, et je n'y ai retrouvé que le ruisseau aux ondes limpides. La brise vespérale était chargée de tristesse et l'agitation des jours paraissait vouloir accroître encore la désolation de mon cœur ». Or, en ce temps là, au fond de son nostalgique *yamen*, la fille du mandarin de l'endroit soupirait. Elle entendit cette voix et désira connaître celui à qui elle appartenait. Et l'ayant aperçu, malgré ses haillons, elle l'aima.

Un oh ! d'étonnement ne manquait jamais de souligner cet endroit du récit. L'attente du *Tien Si* ne fut pas déçue, et s'engageant dans une dissertation qui lui était familière, il prévint les observations des fâcheux qui, incapables d'une attention soutenue, ont toujours quelque chose à dire.

— Quoi ? s'étonna-t-il. Trouvez-vous donc que Pham-Thong, ex-fils de roi, n'est pas un assez bon parti pour la fille d'un mandarin qui a, peut-être, été antérieurement coolie femelle ? Naturellement, c'est sous cet angle qu'il convient d'envisager la question, et c'est parce qu'ils ne la comprenaient pas autrement que nos anciens étaient, beaucoup moins que nous, exigeants sur l'article du mariage. Aujourd'hui, cédant aux préjugés des Occidentaux que nous affectons de copier en tout, nous avons inventé ce qu'on appelle les mésalliances.

On ne se marie qu'entre gens de même caste; une aristocratie est née, qui n'existait pas jadis, avec ses exclusions et ses privilèges, et l'on n'a le droit d'y pénétrer que si l'on peut exhiber de nombreux quartiers de noblesse. Eh ! qu'importent les ascendants, quand les fiancés se conviennent? Il n'est pas de bonheur possible entre époux dont le choix ne fut pas exempt de contrainte.

— Ainsi donc, lui répartit un jeune adolescent de vingt ans à peine, vous, sur les rizières de qui les aigrettes peuvent voler à tire-d'aile, vous consentiriez à donner votre fille au prétendant qu'elle aurait secrètement agréé, quel qu'il fût ?

Le *Tien Si* assujettit sa mitre qui lui avait glissé sur la nuque, et levant la main pour esquisser un pianissimo de chef d'orchestre :

— Doucement, doucement ! fit-il. Si vous y consentez, nous causerons de cette affaire une autre fois.

*
* *

— Cuc-Hoa, — c'était le nom de la jeune fille, — poursuivit le *Tien Si*, s'ouvrit à son père de son désir d'épouser Pham-Thong. Mais le mandarin, qui concevait d'autres vues sur elle et se souciait peu d'avoir pour gendre le fils d'une pauvresse, opposa un refus à la demande de son enfant. Alors commence pour celle-ci une existence de tourments et de tristesse. Ce qu'elle a constamment devant les yeux, c'est l'image de l'élu de son cœur; ses chants arrivent jusqu'à elle dans le *yamen* où elle s'est volontairement claustrée de désespoir. En vain multiplie-t-on autour d'elle les jeux, les fêtes, les mimes; en vain la comble-t-on de toutes les frivolités, belles étoffes et parures, auxquelles une femme d'Annam ajoute toujours du prix, Cuc-Hoa demeure inconsolable. Sa pâleur s'accentue, la fièvre de ses yeux atteste ses longues nuits d'insomnie, une langueur mortelle l'envahit et en peu de temps menace ses jours.

Que pourraient les hommes qui font profession de guérir les corps, contre cette affection mystérieuse que la malade et son père sont seuls à connaître ? Leur art à triturer les simples est impuissant et toutes les pilules satinées, toutes les amulettes, toutes les drogues appliquées en poudre ou en décoction demeurent sans effet. Pourtant, l'un d'eux, qui se flattait de lire dans les astres, voulut tirer l'horoscope de la jeune fille. Mais il ne put que bredouiller des mots sans suite qui lui valurent quinze coups de rotin, infligés séance tenante, pour s'être attribué des talents qu'il n'avait pas. Désolé de l'échec de toutes ses combinaisons et redoutant une catastrophe, le mandarin manda Cuc-Hoa pour tenter une dernière fois de vaincre son obstination. Comme précédemment, il se heurta à la même réponse : « Il m'est, à ma très grande douleur, impossible de vous obéir. Une force invincible me pousse vers ce jeune homme, et, malgré toutes les violences que je me suis imposées, je ne puis m'empêcher de l'aimer ».

Depuis un instant, chaque fois que le conteur prononçait le mot d'amour, on entendait des rires fuser dans l'assistance. C'étaient les beaux gars aux membres râblés qui lutinaient les filles. A vrai dire, celles-ci y mettaient bien quelque coquetterie, et leurs œillades et leurs sous-entendus provocants encourageaient ce jeu. L'une d'elles, plus hardie que les autres, était aux prises avec son amoureux dont les mains s'étaient égarées sur la rondeur des seins pointant sous le carré de surah.

— Dis donc, Thi-Hai, fit le *Tien Si*, feignant l'indignation, tu ne prétendras plus, j'espère, que ton fiancé est lambin comme un crabe. Qui veut manger des figues doit aller dans la forêt. Si vous tenez à vous caresser de la sorte, filez dans les champs de canne à sucre. Ici, cela ne convient pas du tout.

Telle une automate, Thi-Hai se dressa sur son séant, brusquement se retourna dans un tourbillonnement de tuniques et la face empourprée, scandant sa démarche d'un va-et-vient nerveux des bras, elle sortit en murmurant.

Sauf ses voisins immédiats, personne n'eut l'air de prendre garde à elle et le narrateur continua :

— Le mandarin dut capituler et il envoya un de ses *linhs* à l'école pour y informer Pham-Thong qu'il avait à lui parler. Avec la désinvolture qu'apportent d'ordinaire ce genre de serviteurs à exécuter les ordres de leurs maîtres, celui-ci se montra brutal. Espérant sans doute quelque argent, il eut des velléités de garotter l'enfant et de l'emmener pieds et poings liés immédiatement au *yamen*. Le professeur de caractères crut de son devoir de s'y opposer et de renvoyer le *linh* en répondant lui-même de la fidélité de son élève à se rendre à l'invitation du mandarin. Pham-Thong, plus mort que vif, rentra aussitôt chez lui.

— Quel crime avons-nous donc commis, dit-il à sa mère, pour que le représentant de l'Empereur me convoque ainsi par devers lui ?

Déjà, celui que nous appelons le père et la mère du peuple inspirait la terreur plutôt que l'amour et l'on ne s'en approchait qu'en tremblant. La vieille rassura son fils, elle résolut de l'accompagner, et comme elle était devenue aveugle, il la conduisit par la main.

C'est en frissonnant qu'ils franchirent, entre une double haie de satellites vêtus de leurs éclatantes dalmatiques, cette lourde porte de briques par où l'on n'était jamais sûr, en entrant, de revenir. Arrivés dans le prétoire, ils se jetèrent tous deux la face contre terre ; mais, au lieu des paroles qu'ils redoutaient, ils eurent la surprise d'entendre l'homme du *yamen* leur adresser des propos presque paternels. Il commanda qu'on étendît sur son lit de camp une natte à bordure écarlate, invitant l'enfant à s'y asseoir. Celui-ci s'humilia, ne se sentant pas digne de tant d'honneur, et il fallut un ordre formel du mandarin pour le résoudre à obéir. Ils s'entretinrent. Le dignitaire de l'Empire fut frappé des réelles qualités et des profondes connaissances de Pham-Thong, et tout aussitôt ses dernières hésitations tombèrent. L'enfant n'avait jamais aperçu Cuc-Hoa ; elle lui fut présentée, et soudain il laissa échapper ce cri de son cœur : « Oui, telle est bien la volonté du Ciel, car cette jeune fille est celle qui m'est montrée depuis quelque temps dans mes rêves, et c'est elle véritablement qui m'était destinée ».

Des réjouissances sans nombre entourèrent les noces célébrées au milieu du somptueux apparât des lances flamboyantes, des palanquins laqués de vermillon, des torchères, des lingots d'or, des fleurs et des parfums, et seul le bonheur de Pham-Thong pouvait être comparé à celui de sa ravissante épousée, radieuse dans ses tuniques de soie lamées de métal précieux.

CHAPITRE II

— C'est un des privilèges du pays d'Annam, observa le bonze, qu'on peut, par l'étude, s'y élever des conditions les plus infimes aux plus hautes dignités.

— J'allais précisément le dire, accentua le *Tien-Si*, qui, craignant qu'un autre le devançât, s'était empressé de continuer sa narration. Aussi bien, ajouta-t-il, Pham-Thong n'est-il pas au bout de son ascension. En attendant, il se garda de tirer vanité de sa condition nouvelle. Tout autre que lui aurait pu demander à l'oisiveté et au luxe la compensation légitime des souffrances et des privations longtemps endurées. Ce n'est pas sa femme qui s'y serait opposée, elle dont l'unique ambition était de le retenir auprès d'elle, dans l'intimité du gynécée. Pour remplir le vide de ses absences, du moins a-t-elle la vieille mère qui lui parle constamment de lui et elle accouchera bientôt d'un fils qui sera la vivante image du père.

Mais celui-ci, avide de savoir, est resté fidèle à ses livres. Il est l'élève le plus assidu de son professeur de caractères, dont il est devenu l'orgueil, et sous son habile direction, il prépare les examens triennaux qui conduisent aux plus éminentes charges de l'Etat. C'est à Bac-Ninh qu'ils ont lieu et leur date approche. Ses camarades, jaloux de sa rapide fortune lui souhaitent entre eux un échec retentissant. Dans ces conjonctures, il dit adieu aux siens, leur recommande de ne pas s'alarmer pour le cas où son retour tarderait, et il part. Contre les vœux de ceux qui l'envient bassement ses compositions remportèrent le plus brillant succès, car elles le classèrent au premier rang de tous les lauréats.

Enthousiasmé, l'Empereur désira le voir, le fit revêtir d'habits splendides et donna en son honneur un grand festin. Mais la faveur des monarques est aussi capricieuse que celle des femmes. Le souverain d'Annam, ayant conçu le projet de marier sa fille à Pham-Thong, exigea de ce dernier qu'il consentît à cette union. La fiancée était belle, plus belle peut-être que Cuc-Hoa, et avec sa main, elle apportait une couronne, l'Empereur n'ayant pas d'héritier. Qu'auriez-vous fait à la place de notre homme ?

— Ma foi, jeta un lascar dont les yeux brillaient de convoitise, je l'aurais épousée, quitte à lui donner le titre de concubine.

— Mais elle n'aurait pas accepté, crièrent des voix de femmes.

— Aussi bien, reprit le *nhà quê* tenace, ne l'aurais-je instruite de mon premier mariage qu'une fois le second consommé.

On se moqua bruyamment de l'interrupteur, vers qui convergèrent les faces hilares que sa répartie avait déridées. Le *Tien Si* sut tirer profit de l'incident.

— Vous voyez bien que tout le monde se moque de vous, répliqua-t-il, et Pham-Thong n'aurait eu garde de tomber dans un embarras aussi ridicule. C'est pourquoi, très respectueusement, il refusa le présent spontané de l'Empereur : « Majesté, confessa-t-il, dans une profonde prosternation, je suis confus, au delà de ce que je saurais exprimer, que vous ayiez daigné abaisser les yeux sur moi pour devenir votre gendre. La princesse, votre fille, est une déesse digne d'être associée à un Génie et non point à un simple mortel. Cependant, par obéissance, je me résoudrais à l'honneur redoutable d'être son époux, si je n'avais déjà femme et enfant ! » Le monarque s'emporte, le traite d'imposteur et donne l'ordre de l'incarcérer. Craignant pour les siens la royale colère, Pham-Thong s'était refusé à indiquer leur résidence et il s'obstina dans son mutisme qui irritait le souverain déconcerté par cette attitude. S'il était réellement marié, que ne disait-il avec qui ? S'il ne le disait pas, alors ses affirmations étaient réellement entachées de mensonge et constituaient, au surplus, une insulte qu aggravait le dédain des avances impériales. Mauvais traitements, menaces, rien n'y fit; le mari de Cuc-Hoa demeura inébranlable, et ce fut la fille du roi, Thi-Sen, qui eut pitié de lui.

A l'insu de son père, elle s'introduisit dans le cachot et, par sa douceur, gagna la confiance du prisonnier et réussit à lui arracher un secret qui la désespérait. Car, à peine avait-elle été en présence de Pham-Thong, qu'elle s'était sentie attirée irrésistiblement vers lui, et la tendresse qu'elle lui voua depuis lors ne devait pas se démentir par la suite. Tout aussitôt elle eut donc l'appréhension de l'indicible souffrance qu'allait lui causer le nom de sa rivale. Pourtant, elle se ressaisit vite et en apprenant qu'elle se nommait Cuc-Hoa, ne put se défendre d'une joyeuse exclamation. « Mais, c'est ma plus intime amie, fit-elle, je la considérais à l'égal d'une sœur ; permettez que je vous traite en frère. » Et, présumant du consentement du roi, elle donna l'ordre d'élargir Pham-Thong, qu'elle conduisit jusqu'à la salle du trône. Le monarque, heureux du succès des négociations de sa fille, rendit à son protégé toute sa faveur et lui confia les fonctions de Premier Ministre.

— Remarquez, ponctua le *Tien Si*, comment dans cette vie tourmentée de notre légendaire héros, douleurs et joies s'enchaînent. Les moindres satisfactions se paient avec de la souffrance, et les humiliations les plus grandes semblent être le prélude obligé des plus grands honneurs.

— Mais tel est le fonds même, de notre condition commune, expliqua le bonze qui avait envie de moraliser. Dans l'histoire de l'immortel Çakya Mouni qui restera éternellement notre guide et dont les actions de même que les paroles constituent des enseignements capables de s'adapter à tous les hommes, à tous les pays, à tous les temps, nous relevons les mêmes alternatives de bonheur et de misères, de larmes et d'allégresse, les larmes étant invariablement la rançon préalable, le tribut anticipé du bonheur. C'est par le jeûne, par les macérations, par les privations, la pénitence, qu'il se prépare au triomphe qui doit le rendre tout puissant sur les forces infernales déchainées contre lui, et de la sorte, il nous enseigne qu'il n'est pas d'autre voie pour ses disciples. Sur la sienne, nos existences sont servilement modelées avec des retours offensifs fréquents du mal contre le bien, des pleurs contre les sourires, de l'indigence contre la fortune, des déchéances contre les exaltations inattendues et soudaines, et cela nous enseigne à ne pas désespérer quelle que soit la violence de l'épreuve et à nous résigner.

— Je vous félicite, Maître, d'avoir, de façon aussi claire, dégagé les leçons que comportent les aventures extraordinairement surprenantes de Pham-Thong. Nous n'en aurons que plus de satisfaction à le savoir revenu à son foyer où sa femme et sa mère se lamentaient. Il y goûte les contentements calmes que nous avons tous éprouvés au retour d'une longue absence, ou même simplement le soir, quand nous réintégrons nos paillotes après le dur labeur quotidien. Là, sous l'humble quinquet dont la flamme tremblotte, après le repas frugal, nous aimons à humer l'âpre saveur du thé brûlant qui fait courir de la vie dans nos veines et nous désaltère. Les plus jeunes prennent la viole dont les cordes d'acier frémissent et prêtent une âme aux traditions du pays d'Annam. Les vieux, nous devisons des jours où nous chantions encore ces romances naïves qu'écoutent parfois les oiseaux du Ciel, ou bien de nos travaux, de nos espoirs, de nos récoltes. On n'a jamais, mieux qu'à ces heures de recueillement, connu le charme de se sentir plusieurs, unis dans une même affection, sous une toiture de chaume et, dès lors, il ne nous est pas difficile d'imaginer ce que furent pour Pham-Thong, dans les retraites du fastueux *yamen*, les pleines jouissances de son cœur de fils, de père et d'époux.

Son petit Phuc sur les genoux, il raconte à sa mère et à sa femme les différentes péripéties de son voyage, et si elles sont davantage touchées des périls qu'il a courus, le mandarin, par contre, feint de ne retenir que les succès auprès du roi et de la Cour. Elles ne voient en lui que l'être aimé, qui leur est resté familier en dépit de tous les honneurs dont on l'a comblé ; lui n'aperçoit dans son gendre que les dignités éminentes dont il est investi et qui lui inspirent un respect mêlé d'orgueil, car ce que nous distinguons tout d'abord, nous, les hommes, chez les nôtres, c'est leur degré de puissance, dont la femme, par contre, fait fi pour ne se souvenir que de l'être de chair que, mère, elle a emmailloté sous les langes ou qu'elle a aimé, épouse, dans ses haillons. D'ailleurs, Pham-Thong n'a nullement dépouillé son aimable simplicité d'autrefois. Au grand scandale du mandarin, il s'est mis à proposer des charades : « Sais tu, demande-t-il à Cuc-Hoa, pourquoi les moineaux, pourtant si voraces, s'abstiennent de picorer dans le paddy entassé en meule ? — En voilà une question, répond-elle. Sans doute parce qu'il y a toujours dans ce cas des grains à la traîne et qu'en bonnes bêtes qu'ils sont, ils comprennent que c'est là leur part, le reste étant une réserve à laquelle il leur est défendu de toucher. — Tu n'y es pas, mais pas du tout. C'était dans le temps, du temps où les chats, au lieu de guetter le contenu de nos marmites, consentaient encore à chasser les rats et à traquer sans merci tous les pirates ailés, dévastateurs de nos récoltes et de nos celliers. L'un d'eux résolut d'en finir avec une colonie de moineaux insolents qui avaient jusque là déjoué toutes ses ruses. S'étant trempé les pattes dans une mare, il se blottit sur le dos au milieu d'un tas de paddy, disposé en pyramide pour être étendu dans la cour aux premiers rayons du soleil. Etourdis par leur caquetage matinal et cédant sans défiance à leur instinct de rapacité, comme tous les autres jours, les moineaux descendirent ce jour là des toitures de chaume et sautillant sur le grain se laissèrent prendre au piège. Un seul survécut au massacre. C'en fut assez pour que le stratagème étant connu, toute la race des moineaux se soit tenue depuis lors sur ses gardes ».

Cuc-Hoa s'apitoya longuement sur ces malheureuses victimes de la férocité de nos félins domestiques ; son mari se moqua agréablement d'elle et la vieille aveugle qui, ne voulait pas être en reste sur son fils, s'exprima de sa petite voix flûtée : « Toi, qui as beaucoup lu et beaucoup étudié, dit-elle, pourrais-tu m'expliquer d'où vient que le buffle, en cela semblable aux chèvres, n'ait de dents qu'à la mâchoire d'en bas ? »

— Parce qu'il s'est démoli l'autre mâchoire en voulant manger une noix de coco.

Cette interruption provenait d'un bécon aux yeux pétillants de malice et qui n'avait pour tout vêtement qu'un pan d'étoffe sale, passé entre les jambes et retroussé autour des reins. Elle souleva un tonnerre de joyeuses clameurs et le *Tien-Si* s'en montra vexé. Se retournant vers l'enfant qui s'était éclipsé derrière un pilier, il se répandit en imprécations et en invectives.

— Quel est l'impertinent qui vient de lancer une remarque aussi saugrenue ? Désire-t-il donc me pousser à maudire son père, sa mère, ses ancêtres, son village et sa nation ?

Il regarda autour de lui, promena sur l'assistance redevenue silencieuse son œil courroucé, chercha vainement son interlocuteur invisible ; puis, ayant porté une fois de plus la main à sa mitre et ensuite à sa tasse d'alcool de riz qu'il vida d'un trait, il redevint plus calme et poursuivit sa narration.

— Non, avait répondu Pham-Thong, cette explication ne m'est apparue nulle part, et je serais heureux de la tenir de votre sagesse. — Oh ! ma sagesse n'y sera pour rien, mais seulement ma mémoire, car il s'agit d'un conte qui me vient de mon aïeule et que je suis surpris de ne l'avoir pas encore transmis à mon tour. Près de la forêt, un buffle broutait l'herbe tendre, promenant au hasard de sa gourmandise son jeune gardien nonchalamment étendu sur son dos velu. Survient un tigre qui le raille, lui si gros et vigoureux, d'être à la merci de ce frêle gamin, son conducteur et son maître. La bête ventrue réplique en vantant la science qui triomphe de la force brutale et que l'homme puise dans l'étude des livres. Piqué de curiosité, Monsieur Tigre exprime le désir de voir ces livres dont on lui vante la puissance, et l'enfant consent à les lui montrer, à la condition qu'il l'attendra pendant qu'il courra les chercher au village. Mais pour être sûr que le Tigre ne lui faussera pas compagnie, il exige qu'il se laisse attacher. La bête se prête de bonne grâce à cette fantaisie. Le gardien de buffles aussitôt lui entrave solidement les pieds de devant et ceux de derrière ; après quoi, saisissant un énorme bâton, il l'en roua de coups. «Voilà ce que c'est que de savoir lire», dit le buffle, et il fut pris d'un tel accès d'hilarité qu'il s'en fit crever les boyaux. Secoué dans sa lourde masse et incapable de se tenir sur ses pieds, il roula à terre et s'y brisa, en tombant, les dents qui n'ont plus repoussé.

Le mandarin, qui avait l'esprit très délié, trouva dans cet apologue une allusion flatteuse aux succès de son gendre. Son application à l'étude et sa science avaient triomphé pareillement de tous les obstacles et des pires difficultés. Une fois de plus la stupidité fatale qui s'attache parfois aux destinées des meilleurs d'entre nous, venait de succomber dans sa lutte avec l'intelligence et la ténacité étroitement associées. Pham-Thong remercia son beau-père de ses paroles élogieuses et lui promit, de se prêter docilement aux pompeuses solennités par lesquelles ce dernier projetait de célébrer la présence dans son *yamen* du premier ministre de l'Empereur. Là-dessus, les deux époux se retirèrent dans leur chambre, car la nuit était avancée, et enlacés aux bras l'un de l'autre sur la natte commune....

Ici le conteur marqua quelques points de suspension, arrêta ses regards sur un groupe de jeunes filles qui rougissaient, et très cavalièrement, avec cette familiarité qui sied aux vieillards, il ajouta :

— Non, je ne satisferai pas votre curiosité, mesdemoiselles. Ce qui se passa ensuite sur le lit de camp, toutes lumières éteintes, est le secret de Cuc-Hoa ; elle m'en voudrait de vous le révéler.

*
* *

— Le Tonkin, de ce temps, articula le *Tien-Si*, n'était pas ce qu'il est devenu aujourd'hui, et la charge d'un Premier Ministre, soucieux comme Pham-Thong de s'acquitter convenablement de ses fonctions, n'avait rien d'une sinécure. Les routes n'y existaient pas, ou presque car les pistes qui réunissaient les grands centres n'étaient le plus souvent que des fondrières informes où un cheval au pied sûr avait peine à passer. Les rivières, non encore enfermées dans leurs digues, débordaient à l'époque des crues, lentement, à travers la plaine, y creusaient un nouveau lit, ou tardives à se retirer, transformaient en d'infects marécages les belles rizières qui nous donnent du riz.

Pas de chemins, pas de ponts ; des fleuves au cours imprécis et à peine flottables ; dans une telle situation, les voyages étaient longs dangereux et pénibles et il fallait bien quinze bonnes journées pour un trajet que nous accomplissons sans difficulté en un jour.

Pham-Thong, persuadé qu'il ne pouvait y avoir de prospérité ni de sécurité stables qu'à la condition de remédier à cette absence presque totale de voies de communications, décida d'employer les villages en les y intéressant, à l'endiguement des nombreux cours d'eau et à l'ouverture des routes nouvelles comme à la réfection des anciennes. Ce ne fut pas une mince besogne en raison de nos habitudes de routine et de paresse. Mais la force aidant là où la persuasion n'avait pas triomphé des résistances, il y parvint, et bientôt, les résultats obtenus s'étant traduits par un accroissement de trafic et l'extension des surfaces susceptibles d'être cultivées, ses compatriotes comprirent, ses plus obstinés contradicteurs furent convaincus et se mirent résolument à l'œuvre.

— Pensez-vous, objecta un vieillard qui portait lunettes, que l'institution des digues ait été un excellent système ?

Avec les années, elles montent constamment en hauteur, et ma cabane qui en atteignait le faîte il y a vingt ans, s'en trouve présentement à plus de deux mètres plus bas. A cette ascension, je ne vois pas de limite ; un beau jour, celui où ces remparts d'argile crèveront, c'est du haut du Ciel que tombera la cataracte pour mieux nous engloutir.

— Allons, n'exagérons rien, fit le *Tien-Si* conciliant. Nous n'en sommes pas encore à cette extrémité, et d'ici là, on aura le temps de voir. En attendant, il est bien difficile de porter un jugement équitable sur les méthodes que nous ont transmises nos ancêtres. Peut-être changeriez-vous d'avis si vous étiez mieux renseigné ; car, n'en doutons pas, ils ont dû longtemps réfléchir avant de se résoudre et le parti qu'ils ont adopté a dû leur être imposé par les circonstances aussi bien que par les conditions tout à fait particulières des terres du vieil Annam. En ceci d'ailleurs, de même que sur beaucoup d'autres points, il semble qu'on ait imité ce qui se pratiquait en Chine, et Pham-Thong, très versé dans la connaissance des choses de l'Empire voisin, s'est révélé un des adaptateurs les plus audacieux de tout ce que nous avions de plus avantageux à lui emprunter.

Il ne borna pas là son activité. A l'exemple des pays limitrophes où se rendaient à intervalles réguliers les caravanes de producteurs et de marchands, il créa des foires sur les marches frontières, sur les bords de la mer, et s'attacha dans toutes les agglomérations importantes à ériger des monuments et à édifier des citadelles où battit désormais le cœur de la cité. Il n'oubliait pas, en effet, qu'en ces époques de piraterie où, par eau et par terre, le pillard chinois ne cessait de se montrer sur tous les points mal défendus, il fallait fortifier les centres populeux autrement qu'avec des haies vives de bambou pour les mettre à l'abri de la dévastation et du carnage. Ils avaient également besoin de soldats. Il leva des troupes permanentes, les arma, les disciplina, de manière à pouvoir se porter avec elles rapidement partout où besoin serait.

Tous ces travaux nécessitaient de fréquents déplacements, et c'est au cours d'une de ses absences que sa femme, cédant aux instances de Thi-Sen, se rendit auprès de celle-ci avec son fils et une fillette qui lui était nouvellement née. L'entrevue des deux amies fut des plus affectueuses, mais Cuc-Hoa ne fut pas longue à découvrir la blessure que Thi-Sen avait gardée au cœur depuis sa rencontre avec Pham-Thong. La fille d'Annam n'a pas le droit d'être jalouse. La jalousie est un vice que notre loi condamne, parce qu'il jette le trouble dans nos ménages et détourne l'épouse de ses devoirs. Elle n'a pas à censurer la conduite de son mari, mais à lui complaire sur toutes choses et à tolérer, s'il le désire, la présence d'une rivale au foyer...

— Ces théories, exposées cependant avec beaucoup de calme, eurent le don de mettre en fureur une virago aux chairs opulentes et dont les bras, pareils à des massues, gesticulaient frénétiquement par dessus les têtes de ses voisines.

— Tout beau, clamait-elle ; que mon mari s'avise donc de m'associer une concubine et il verra si je suis femme à lui dépiquer des gerbes de paddy sur le dos !

— Vous êtes libre d'agir à votre guise, riposta le *Tien-Si*, car chacun en affaire doit conduire son radeau. N'empêche que vous encourrez la réprobation de toutes les personnes qui ont tant soit peu de cervelle. Aussi bien Cuc-Hoa n'éprouva-t-elle qu'une profonde pitié pour une amie avec laquelle elle regrettait peut-être de ne pouvoir partager son bonheur. Mais à part elle, elle songea que dans le cas où elle viendrait à être ravie à la tendresse de Pham-Thong et de ses enfants, ceux-ci ne trouveraient pas de meilleure mère comme de meilleure épouse que Thi-Sen. Elle la quitta sur cette pensée. Etait-ce le pressentiment funeste qu'elles ne se reverraient plus ? Ceux dont les pieds effleurent déjà la tombe ont de ces soudaines visions de l'avenir. Pour un instant, le voile que Bouddha tient devant nos yeux se dérobe à leurs regards, un instant éblouis des clartés de l'au delà.

Cuc-Hoa ne retourna, en effet, dans le palais qui lui servait de résidence, à quelques jours de Bac-Ninh, la ville impériale, que pour y recevoir le dernier soupir de sa belle-mère, emporter par une fièvre maligne.

La jeune femme ayant contracté le même mal, fut enlevée à son tour à l'affection de Pham-Thong.

CHAPITRE III

— L'homme, intervint le bonze, est semblable à l'arbuste que l'implacable typhon tord et déracine. Pour qu'il devienne un géant de la forêt, il lui faut assister à l'agonie de tout ce qui l'entoure et demander une vigueur toujours nouvelle à l'humus, fécondateur, des débris qui gisent à ses pieds. Cette loi est la nôtre, et nous payons nos grandeurs et nos joies avec nos deuils. Seul, le moine, le pauvre moine, s'y peut soustraire, et c'est parce qu'à l'exemple de Bouddha il a su, par la pratique de la méditation et du renoncement, parvenir à cette sérénité d'âme qui défie la douleur et que ne troublent point les désirs.

— Oui, concéda judicieusement le *Tien-Si*, mais Pham-Thong n'avait rien d'un cénobite et la double épreuve qui venait de le frapper faillit briser définitivement son courage. Eut-il été seul au monde, sans famille, n'ayant plus aucune raison de vivre, peut-être, à l'imitation de ces époux magnanimes dont la légende nous a transmis la mémoire héroïque, se fût-il immolé aux mânes des êtres qui venaient de le quitter ?

La pensée de ses enfants, pour lesquels il devait vivre, changea le cours de ses résolutions, et, se redressant résolument, il imposa silence à sa souffrance et se remit stoïquement au travail. Ses longues randonnées étaient finies. L'impulsion pourtant était donnée et des envoyés au courant de ses desseins parcouraient l'Empire, se renseignaient et lui rendaient compte de leurs observations. En sorte qu'en peu de temps, à la profonde satisfaction du souverain, le pays avait été transformé et entrait dans une période de prospérité inconnue depuis de nombreuses années.

Mais le bonheur d'un peuple ne dépend pas seulement des conditions matérielles plus ou moins favorables de son existence. Ses lois et la manière dont elles sont appliquées y contribuent également dans une large mesure, et c'est à les améliorer, selon les enseignements de Confucius et de Mencius, que, dans le silence de son palais, Pham-Thong employa la retraite commandée par son deuil. De ses méditations sortit un Code qui laissait peu de place à l'arbitraire mandarinal, unique règle du droit jusqu'alors. Ce résultat théorique acquis, restait à l'imposer dans la pratique, ce qui n'était pas une tâche minime, en raison des habitudes séculaires et de l'opposition sourde qu'il rencontra aussitôt chez tous ceux dont ses projets contrariaient la calme indolence ou les instincts de tyrannie. Fort de la confiance de son maître, Pham-Thong n'eut cure de ces difficultés qu'il était homme à briser et qu'il brisa effectivement partout où elles se présentèrent. Il créa dans ce but, l'appel, au monarque, des sentences rendues par les gouverneurs des provinces. Tout fils d'Annam, aussi humble qu'il fût, avait le droit, s'il se croyait lésé par ses juges, d'évoquer, verbalement ou par écrit, l'affaire devant le tribunal impérial. Les requêtes ainsi adressées étaient examinées avec la probité la plus scrupuleuse, et une cloche, placée à l'entrée de la résidence du souverain, pouvait être heurtée par quiconque désirait formuler de vive voix sa plainte. Il était introduit sur-le-champ, écouté dans l'exposé de ses griefs. Justice lui était assurée s'il avait le bon droit pour lui ; malheur à lui dans le cas contraire.

Des exemples s'imposaient. Le Premier Ministre en eut le courage. L'un des plus hauts représentants de l'Empire, convaincu de forfaiture et d'abus de pouvoir, fut traîné dans le plus simple appareil, roué de coups et exécuté par la main du bourreau sur le marché de Bac-Ninh. Par contre, un plaideur facétieux, qui avait tenté de surprendre la bonne foi des magistrats de la Cour, fut puni, avec la même publicité. Découpé vivant, à l'aide d'une scie, entre deux planches, son corps, privé de sépulture, fut jeté en pâture aux pourceaux.

— Voilà, remarqua un professeur de caractères aux doigts armés d'ongles démesurement longs et crasseux, des actes d'énergie auxquels nous applaudirions aujourd'hui du fond du cœur, car ils sont devenus plus que jamais nécessaires.

— Silence ! commanda le *Tien-Si*. Quand vous serez de retour chez vous, vous pourrez, sous votre responsabilité, vous livrer à toutes les critiques qu'il vous plaira. Ici, je ne vous le permets pas. Sur ce, je vous dirai que Pham-Thong avait voué dans sa douleur un tel culte à son épouse défunte, qu'il en était rebelle à un second mariage. Ses enfants insistaient pourtant. A cause d'eux et pour leur assurer une protectrice, leur mère, à plusieurs reprises, leur avait manifesté, en songe, sa volonté à cet égard. Pourquoi négligea-t-elle de préciser ce qu'elle attendait de son mari ? Sans doute, parce qu'instruite de l'amour de Thi-Sen, elle pensait bien que c'est à elle que Pham-Thong songerait avant toutes autres. Et ces prévisions devaient se réaliser. Le Premier Ministre, cédant aux prières dont il était l'objet, osa porter ses yeux sur la fille de l'Empereur, comme étant la plus digne de succéder à Cuc-Hoa. Mais il se contenta d'y songer. Retenu par un louable scrupule, il ne crut pas devoir offrir à une aussi haute princesse un rang — le second en somme, — qu'il jugeait peu digne d'elle. Ah ! si affranchis de cette tyrannie des convenances, nous pouvions enfin établir comme un droit pour la jeune fille, de réclamer, sauf à s'exposer à un refus qui n'eût rien d'humiliant, l'époux de son choix, nous nous éviterions dans la vie bien des peines et des larmes. Thi-Sen, instruite de la situation de Pham-Thong, se consumait d'amour, attendant qu'il daignât enfin la demander à son père. Elle adressait d'instantes prières à Cuc-Hoa et à ses idoles pour qu'elles disposassent en sa faveur le cœur dont elle ambitionnait la possession. Hélas, une fois encore, elle fut déçue et meurtrie, le Premier Ministre s'étant déterminé pour Tao-Thi, fille d'un de ses collègues, jeune personne de distinction, douée d'une surprenante beauté, mais qu'il n'aimait pas.

A l'occasion de ce mariage, l'Empereur conféra, au plus dévoué de ses serviteurs, la dignité de roi qui comportait pour le nouveau dignitaire et sa femme une certaine dévolution de puissance. Les noces furent célébrées sous de peu favorables auspices : des bruits d'invasion s'étant répandus, elles avaient dû l'être précipitamment. Obligé de partir sans retard contre les Chinois, à la tête de son armée, Pham-Thong ne put même exercer ses droits d'époux et il mettait déjà le pied à l'étrier, quand son fils se précipita vers lui en versant d'abondantes larmes : « Ne nous abandonne pas, ô mon père, aux mains de cette femme.

Ce n'est pas elle, certainement, que notre mère eût désiré charger du soin de veiller sur nous. Regarde comme ses yeux sont méchants. Ah ! j'en ai le pressentiment, ma sœur et moi nous allons être très malheureux auprès d'elle. Emmène-nous et si tu ne peux nous garder avec toi, confie-nous du moins à notre grand-père ».

Pham-Thong dut se fâcher pour mettre un terme à des manifestations qu'il jugeait capricieuses ; ayant adressé les dernières recommandations à sa femme, il lança au galop son cheval, pendant que son fils, dans un violent accès de désespoir, se roulait en sanglotant au milieu de la route.

* * *

— S'enquérir de l'honneur d'une femme, articula le *Tien-Si*, autant chercher une aiguille au fond de la mer.

Une clameur de voix aiguës lui répondit. C'étaient ses auditrices qui avec un bel ensemble protestaient.

— Oï cha oï ! disaient-elles, voilà-t-il pas qu'il nous insulte maintenant. Qu'attendons-nous pour sortir ? A suivre les éléphants on mange des résidus de canne à sucre. Nous n'avons rien à gagner que des injures ici ; allons-nous en !

Effectivement elles se levèrent, et pour les retenir, le vieillard dut leur adresser des excuses.

— Quel taon vous pique, mes sœurs ? fit-il. Je n'ai nullement voulu vous offenser, car votre honnêteté est de glace et de neige. Mais j'applique à Tao-Thi un dicton qu'elle n'a pas volé. Déjà nantie d'un amant avant que de nouer les fils rouges, elle l'a gardé à la barbe du vieillard de la Lune et c'est en sa compagnie qu'elle passera, en l'absence du mari, la première nuit de ses noces. Du moins, a-t-elle l'excuse de l'avoir choisi parmi les jeunes gens les plus nobles et les plus distingués de l'Empire ! Ce doit être un de ces princes comme les jeunes filles en voient parfois dans leurs rêves, ornés par la nature de toutes les qualités du corps et de l'esprit ! Même alors elle ne serait pas excusable. Mais, hélas, celui qu'elle va mettre dans la couche du roi qui l'a faite reine, elle l'a sorti des bas-fonds de sa race. C'est un boy, un de ces boys efféminés qui ont toutes les audaces avec tous les vices et cachent sous la joliesse de leur figure un cœur crapuleux. Il a grandi auprès d'elle, participant à ses jeux d'enfant ; souple à ses caprices, servile à l'excès, il s'est insinué peu à peu dans son amitié, rendu nécessaire, mêlé à ses confidences et s'étant trouvé là à l'heure où les premiers troubles des sens engendrent les ivresses fatales, l'amour abolit entre eux les distances, les jeta aux bras l'un de l'autre, la femelle au pouvoir du mâle. Une liaison s'établit. Elle dure depuis plusieurs années sans que Taô-Thi, très passionnée de tempérament, ait eu le courage de la rompre et le boy l'a suivie, peut-être malgré elle, n'ayant pas tardé à lui imposer ses volontés.

Exclusif dans sa passion, incapable de tolérer de tiers entre eux, on ne sait ce qui serait advenu dans le cas où Pham-Thong n'eût pas été appelé loin de son palais sur les champs de bataille. Peut-être aurions-nous assisté à l'un de ces crimes passionnels où l'amant se venge dans le sang de l'époux légitime. C'est pourquoi le boy s'efforce d'écarter les enfants dont sa maîtresse a reçu la garde; en attendant d'en être complètement délivré, il obtient qu'ils soient employés tout le jour en dehors de la maison de leur père, à des besognes serviles. Au lieu de vêtements de soie, on les habille de toile grossière; au lieu de bon et beau riz blanc on ne leur donne à manger que le boule immonde du mendiant; jamais de bain, jamais de toilette, aucun de ces soins qu'adorent les tout petits parce que ce sont autant de caresses. Phuc et sa sœur Tinh sont devenus deux gardiens d'oies et de dindons qui partent dans les champs avec l'aube et ne rentrent que le soir au crépuscule.

D'abord, cette existence à demi-sauvage leur a plu. Elle contraste avec les gâteries dont ils ont été saturés jusque là et constitue une nouveauté. Elle leur offre surtout l'avantage de les affranchir de la présence de l'ignoble marâtre qu'ils détestent. En surveillant leurs ouailles, tous deux assis à l'ombre d'un goyavier, admirent les fleurs, comptent les brins d'herbe pailletés de rosée, s'extasient sur les milliers de mondes qui grouillent sous eux entre les roseaux ténus des verdoyantes prairies. Mais, leur pensée se reporte toujours vers Tao-Thi « Elle est loin de ressembler à notre mère, fait le garçon. Maman était plus grande, elle avait le regard plus doux ; lorsqu'elle faisait glisser ses longs cheveux noirs sur ses épaules, on aurait dit une de ces idoles bienfaisantes dont le sourire égaie les pagodes. Alors, elle nous prenait tous deux sur son sein et nous n'avions pas de plus tendre récompense que de nous y blottir en écoutant le bercement de sa voix harmonieuse. Ce n'est pas elle qui nous aurait réduits à la condition vile et dégradante dans laquelle on nous tient ; ce n'est pas elle qui nous aurait brutalisés ni permis qu'on nous brutalise ». Et ce disant l'enfant songeait aux paroles amères par lesquelles Tao-Thi les accueillait maintenant chaque soir, et il se remémorait avec amertume les insolences du boy qui prenait de moins en moins la peine de dissimuler.

Phuc avait surpris entre lui et sa marâtre des signes mystérieux, clignements d'yeux, frôlements des mains, sourires, qui le laissaient perplexe. Une nuit qu'il ne dormait pas, il entendit dans la chambre voisine qui était celle de Tao-Thi, des chuchotements, des baisers et des craquements de meuble d'après lesquels il conclut que sa belle-mère n'était pas seule dans le réduit nuptial où il savait bien que nul autre que son père n'avait le droit de pénétrer. Il réfléchit longuement à l'attitude que cette constatation lui imposait, et prit le parti courageux de provoquer dès le lendemain des explications. Ce matin là, ni lui ni sa sœur ne sortirent, contrairement à leurs habitudes, et leurs oies et dindons protestèrent vainement par leurs cris contre l'abandon où on les laissait. Tao-Thi en manifesta de la mauvaise humeur ; c'est ce que Phuc attendait.

— « En partant, déclara-t-il, le roi mon père vous a ordonné de nous traiter en fils, et non en serviteurs. Qu'avons-nous donc fait Tinh et moi pour que vous lui désobéissiez et nous condamniez à la situation où chacun ici s'étonne de nous voir abaissés ? Pourquoi nous refusez-vous les insignes, les privilèges, les égards dûs à notre rang ? De quel droit nous traitez-vous à chaque instant avec rudesse, et tolérez-vous, que votre boy familier use avec nous de continuelles vexations ? »

Et comme la reine, sur un geste de son amant, témoin de cet entretien, s'était volontairement abstenue de répondre, Phuc poursuivit :

— « Vous gardez le silence ? Cela vous dispense en effet de vous justifier, et je ne veux pas d'autre preuve de la malveillance de vos intentions. Mais Pham-Thong sera instruit de tout, je m'en porte garant, et il connaîtra qu'après avoir maltraité ses enfants, sa femme la déshonore ».

— Les complices se regardèrent. Tao-Thi, incapable de se dominer davantage, fondit sur l'enfant, prête à frapper.

— « Veux-tu te taire, méchant gâleux, hurlait-elle, ou bien je vais te faire laver mon linge sale ».

—Le boy dut intervenir et calmer son emportement, tandis que Phuc, pâle d'indignation et de colère répliquait :

— « Non, je ne me tairai point et ne laverai point votre linge sale ; c'est l'affaire de votre boy, Mais mon père saura que vous recevez pendant la nuit des étrangers dans votre chambre ».

A la suite de cette scène, la marâtre parut avoir modifié ses sentiments pour Tinh et Phuc. Ils furent presque choyés. On ne les envoya plus aux champs, on améliora leur nourriture, on leur donna tous les soins qui leur étaient dûs. Fausse tendresse ! ces prévenances n'avaient d'autre but que d'endormir la confiance de Phuc dont on savait l'attention toujours en éveil. Mais on ne réussit pas à le tromper. Il eut vite pénétré le secret de tant de perfide dissimulation : les deux amants avaient résolu de se débarasser d'eux par un crime. Dès lors, il ne fut pas long à adopter une résolution. Il prit Tinh par la main et sous le prétexte d'une promenade, ils s'éloignèrent de l'inhospitalière demeure où tant de dangers les menaçaient.

CHAPITRE IV

— Tout ceci prouve, expliqua le bonze, combien il est imprudent de se remarier lorsqu'on a des enfants. Nos lois n'ont que des louanges pour la femme qui, dans son veuvage, demeure fidèle à son mari défunt. Il serait désirable qu'il en fût de même pour l'homme.

Le pieux cénobite ne put achever son commentaire accueilli par un concert d'exclamations ironiques.

— Autant faire de nous tous des moines, criaient ses interrupteurs. De quoi se mêle donc ce crâne tondu ? Nos épouses n'ont qu'à le prendre au mot, pour qu'il leur plaise d'ores et déjà de nous interdire tout commerce avec nos concubines !

— Avez-vous fini de hurler comme des « queues de rat » dans un naufrage ? intervint le *Tien-Si*. Vous ne pouvez nier qu'en fait de rizières on ne garde bien que les siennes. Dans celles d'autrui, on laisse impunément brouter les bestiaux. Ainsi en va-t-il des enfants dont notre sagesse enseigne que la seconde femme ne saurait prendre soin s'ils ne lui appartiennent pas. Il nous faut reconnaître pourtant que peu de marâtres se portent aux extrémités coupables de Tao-Thi. Courroucée du départ de Phuc et Tinh qui avaient échappé à toutes les recherches et à ses desseins criminels, elle promulgua un édit défendant aux habitants du royaume de venir en aide et de donner asile aux fils de Pham-Thong, coupables de révolte contre l'autorité maternelle. Son amant envoya en même temps dans toutes les directions des satellites qui lui étaient dévoués et avaient la consigne de ne ramener que deux cadavres.

Comment les fugitifs, abandonnés à eux-mêmes, rebutés par tous dans un pays sur lequel planait la terreur, purent-ils échapper aux poursuites? Ceci est resté le secret du Ciel qui n'est pas en peine d'éloigner les périls les plus grands de la tête de ceux qu'il aime. Au milieu de mille douloureuses péripéties, couchant dans les fourrés, se nourrissant parfois de racines, Phuc portant Tinh lorsqu'elle était fatiguée de marcher, ils arrivèrent, certain soir, près d'un tombeau situé au sommet d'un mamelon. Exténués de fatigue, ils s'y endormirent, la petite fille enlacée au corps de son frère qui la protège. Et voici qu'au sein des ténèbres surgit soudain du tertre gazonneux une vive lumière et les enfants réveillés par l'éblouissante clarté, aperçoivent une forme dont les contours se dessinaient lentement. Quand l'image fut devenue précise, dans les traits de l'inconnue, Phuc reconnut sa mère et tout aussitôt, il se jeta dans ses bras. Alors Cuc-Hoa, car c'était bien elle, se mit à les bercer tous tous deux comme autrefois lorsqu'elle vivait encore et à les couvrir de caresses. Ils lui racontèrent en versant d'abondantes larmes leur cruelle infortune, et de sa voix limpide comme le cri du trac qui passe, elle les consola.

« — J'aurais voulu, disait-elle, vous éviter ces rudes épreuves, mais cela n'a pas été en mon pouvoir. De même que votre père, jadis, il est indispensable que vous connaissiez de la vie toutes ses douleurs et ses disgrâces. « Le Ciel » a sur vous de grands desseins. Mais où que vous soyiez, je serai avec vous et partout où vous irez, sans que vos yeux me voient, je me trouverai en votre compagnie. Soyez courageux, soyez forts, soyez bons. Dès que le jour pointera, mettez-vous en route et allez auprès de votre père. Il y a si longtemps qu'il vous a quittés, et les privations et la souffrance ont tellement altéré vos traits, qu'il se refusera tout d'abord à vous reconnaître. Cependant, je vais vous donner un signe auquel il ne se trompera pas ; vous le garderez précieusement sur vous ».

Sur ces mots, Cuc-Hoa du bout de l'ongle s'ouvrit, au poignet, une veine d'où jaillirent quelques gouttes de sang vermeil. Elle y trempa l'extrémité effilée de son doigt et sur un pan de soie arraché à sa tunique, elle traça quelques caractères qu'elle accompagna de sa signature. Phuc reçut le précieux document et, après l'avoir porté à ses lèvres, le roula dans sa ceinture. L'aube blanchissait déjà sur les crêtes que Cuc-Hoa était encore avec ses enfants ; c'était l'heure, pour elle, de rejoindre avec les ombres les séjours infernaux, Phuc et Tinh s'étaient accrochés à ses vêtements et ne voulaient point la laisser partir.

« Ne t'en va pas, mère, ou bien emmène-nous avec toi. Qu'allons-nous devenir, seuls, sans tes baisers, sans tes tendresses, sans tes paroles qui ont apaisé nos larmes et calmé nos terreurs ? De grâce, ne nous abandonne pas ».

Une dernière fois, cependant, elle se pencha sur eux, les serra sur son cœur ; et fantôme elle se dissipa dans les premiers rayons qui baignaient d'or et de pourpre la voûte du ciel.

Longtemps, prostrés dans leur douleur, les deux petits pèlerins restèrent auprès du tertre funéraire. Enfin, se souvenant des conseils que venait de leur donner leur mère, ils descendirent la côte et y croisèrent un vieillard aveugle qui tâtonnait de son bâton, ayant l'air de chercher son chemin. Dans le malheur on fraternise vite ; il n'y a que trop de bonheur pour nous diviser et nous faire oublier, dans le mensonge de nos distinctions sociales, que nous sommes tous pétris de même matière. Phuc s'offrit pour guide à l'infirme qui accepta et chargea Tinh sur son dos. Et ils allèrent de la sorte toute la matinée par les sentiers, les gués, les ravins et les sous-bois touffus, le garçon ouvrant la marche et tenant par un bout le bâton que l'aveugle tenait de l'autre.

Vers le milieu du jour, ils s'arrêtèrent au bord d'un clair ruisseau, qui murmurait sur un lit de galets entre deux rives chargées de fleurs. La jeune fille s'amusa à en cueillir quelques-unes pendant que son frère et leur compagnon conversaient. Ayant raconté ses aventures, Phuc apprit, confidences pour confidences, que l'aveugle était plusieurs fois centenaire et qu'il parcourait la terre sans s'arrêter jamais. Sa mission ne devait finir qu'avec le monde. L'enfant s'étonna et le plaignit de cette existence remplie de vicissitudes, où il était exposé bien des fois à n'avoir personne pour conduire ses pas.

«— Oui, cela m'arrive, et même assez souvent ; c'est pour cela que mon pèlerinage dure depuis des siècles. Mais, malheur à celui qui me refuse son concours, le Ciel ne tarde pas à le punir de la dureté de son cœur ; tandis qu'il se plaît à récompenser ceux qui ont, comme vous, l'âme compatissante ».

Après avoir rompu un pain de riz que l'aveugle tira de sa besace, et s'être abreuvés à la fraîcheur limpide du courant, ils continuèrent leur route et arrivèrent le soir dans une humble cabane où on leur offrit le couvert et le gîte.

Pour remercier ses hôtes de leur cordiale hospitalité, le vieillard se fit apporter un *dân mót* qui était accroché au mur de la chaumière, et s'accompagnant des sons grêles du fil de métal, il exécuta une berceuse familière aux pauvres de la campagne :

« Eh ! eh ! chantait-il, me voici donc livré à une famille riche qui m'utilise comme domestique ; raflant par ci, rognant par là. A la course, je vais un instant garder les buffles et je reviens lestement décortiquer le riz ; la sueur m'inonde. De mon habit en lambeaux, le col seul subsiste. Qui penserait à moi ? Mes parents sont trop loin... Qu'il est dur ce métier de pâtre ! On m'a pourtant acheté un chapeau qui me préservera de la pluie. Portant tantôt la herse et tantôt la charrue, je pars de bon matin et ne reviens qu'à midi ; que mes épaules sont endolories ! La maîtresse de la maison me loue une ligature et deux *tiên*... Et cela dure depuis plusieurs années ! Au premier chant du coq, avant l'aurore, tandis que la vieille dort encore, songeant si peu à ma peine, je dois vider le puits et curer la mare ! Les poissons que j'attrape, je les lui porte ! Elle en fait un bon plat, me réservant les arêtes. Car, elle mange toute la chair sans jamais rien m'en donner... Ma maîtresse est économe ; restes de pain ou de fruits sont mis de côté... Grasse et replète, de par la bonne chère qu'elle fait, jamais elle ne donne rien au petit domestique; point de pitié pour les petits malheureux!... Encore m'a-t-elle remis un bout de langouti; la ceinture en est grosse comme une ficelle. Point je n'ose aller tout nu et, cependant, si je me couvre par derrière, je me découvre par devant! Ah! que je suis malheureux!» (1)

Cette chanson que tout le monde connaissait à Binh-yen et que le *Tien-Si* avait, sans doute, intercalée de sa propre autorité dans son récit, apporta la note de gaîté qu'il fallait au milieu de l'émotion causée par la partie la plus poignante des aventures des enfants de Pham-Thong. Et tous reprirent en chœur le *leit motiv* frondeur du domestique jamais content de son sort: Ah! que je suis malheureux!

*
* *

— Pham-Thong avait repoussé l'envahisseur, poursuivit le *Tien-Si*, et son armée fêtait cette mémorable victoire. Le camp, où flottent mille glorieux étendards, resplendit sous l'éclatant soleil; de l'intérieur des tentes sortent par groupes les soldats, revêtus de leurs étincelants uniformes, et par les allées jalonnées de têtes de Chinois qui grimacent au bout des

(1) Essai sur la Littérature annamite de Carier (*Revue indochinoise*, n° 3, de novembre-décembre 1919).

piques, ils se rendent à l'endroit du festin où des plateaux chargés de victuailles les attendent sous les grands arbres géants.

Je ne vous décrirai pas ces ripailles. Nous ne savons plus exactement de quoi étaient réellement capables ces guerriers de jadis aussi intrépides à manier les baguettes qu'à se servir du sabre. Mais ils étaient là peut-être plus de cinquante mille ; ils remplissaient la montagne et la plaine, et commeils avaient toute liberté pour se réjouir à leur aise, il est assez difficile d'imaginer dans les annales du Tonkin un concours plus considérable de peuple et plus tumultueux. Les hurlements de la mer en furie n'en peuvent donner qu'une idée bien faible et ceci expliquera pourquoi, à plusieurs lieues à la ronde, nos trois pélerins, les deux enfants de Cuc-Hoa et le vieillard, avaient entendu et compris.

La joie redoublant leurs forces affaiblies par plusieurs semaines de marche ils pressèrent le pas sans pouvoir, toutefois, arriver au camp avant la fin du jour. Alors ce qui se montra à leurs yeux les émerveilla. Des myriades de torches promenaient autour des tentes, sur le versant des côteaux, au fond des vallées, à la lisière sombre des bois, la lueur vacillante de leur flamme qu'auréolaient des explosions d'étincelles. Sur cet écran lumineux, des ombres se détachaient, allaient, venaient, peuplant de spectres l'espace et donnant un sens aux clameurs indistinctes qui montaient dans le ciel à la manière d'un bruit formidable de houle. Seuls, les enfants n'auraient jamais osé s'aventurer au centre de cette mer humaine, tant était vive leur crainte de s'y perdre et d'y être engloutis. Leur compagnon remonta leur courage ; ils purent avec lui, sans être vus, se glisser jusqu'au pavillon du commandant en chef. Ils s'accroupissent sur le devant de la porte de toile que deux piquets de bambou tenaient ouvertes horizontalement. L'aveugle posa à ses pieds une viole qu'il s'était procurée en chemin avec le produit de ses collectes, il en tira quelques sons, puis les enfants auxquels il avait appris à chanter, unirent leurs voix à la sienne, égrenant dans la nuit une mélopée douce et plaintive.

Cependant, à l'intérieur de sa tente, Pham-Thong, accroupi avec ses officiers autour de tasses de thé bouillant, échangeait avec eux des propos guerriers. Il leur racontait certaines péripéties de la bataille auxquelles il avait assisté de plus près y ayant joué un rôle. A un moment donné, il s'était trouvé, sans trop savoir comment, face à face avec le général chinois. Aussitôt, ils s'étaient précipités l'un sur l'autre dans un sauvage cliquetis de sabres et il avait eu la bonne fortune en faisant tournoyer vigoureusement le sien d'enlever la tête de son adversaire. Ce fut le commencement de la panique qui devait peu après mettre les ennemis en pleine déroute et jeter ses bataillons à la merci du vainqueur. Et tout en contant, le roi paraissait prêter l'oreille à la complainte des trois pèlerins dont les accents arrivaient jusqu'à lui. Elle célébrait la poignante infortune de deux malheureux enfants que leur père, obligé d'aller combattre contre les pirates, a laissés aux soins d'une marâtre indigne. Celle-ci, aussitôt le père disparu, abuse contre eux de son autorité, les maltraite et fait tant et si bien qu'ils sont contraints de fuir et de demander à la mendicité leurs moyens de subsistance. En entendant ce récit qui ne ressemble nullement aux vieux airs d'Annam que les troubadours exécutent d'ordinaire, Pham-Thong s'est troublé ; il a cru y voir quelque allusion à des malheurs que sa tendresse paternelle a parfois redoutés. N'y tenant plus, il s'adresse à ses officiers :

— « Qui chante ainsi ? dit-il. Qu'on amène devant moi ces chanteurs ».

Mais à peine a-t-il donné cet ordre, que surgit devant lui un aide de camp dont les paroles trahissent une vive émotion :

— « On vient, annonce-t-il, de découvrir un complot dirigé contre Sa Majesté que des émissaires chinois, déguisés en mendiants, doivent assassiner ce soir même ».

— Cette nouvelle soulève des clameurs indignées et pour témoigner hautement de leur zèle, les hôtes de Pham-Thong s'écrient d'un commun accord :

— « A mort, tous les mendiants, tous les infirmes, tous les chanteurs qu'on trouvera dans le camp. »

Avant que le commandant en chef ait eu le temps d'aviser, on s'empare de l'aveugle, des deux enfants et on les ligote. Le bourreau est appelé et on lui a livré ses victimes. Quand nous touchons au terme de nos épreuves, il semble souvent qu'elles ne nous quittent qu'à regret. C'est alors qu'elles nous décochent leurs coups les plus perfides, nous torturant avec, dilettantisme, renfermant dans une dernière souffrance la quintessence de toutes celles qui l'ont précédée, à seule fin de compromettre en l'espace d'une minute, rapide mais décisive, le fruit de longues années d'endurance, de patiente résignation et d'efforts. Malheur à ceux qui, dans ces conjonctures, renoncent à espérer quand même, offrant à l'adversité triomphante les lâchetés d'un cœur qui fléchit et se reconnaît vaincu ; ils ont prononcé eux-mêmes leur arrêt.

L'aveugle n'était pas de ces natures pusillanimes. Le cou déjà tendu sous le coupe homicide, il exhortait encore Phuc et Tinh que ce tragique dénouement et tous ces funèbres apprêts avaient glacés de terreur et rendus muets d'épouvante. Et l'aveugle ne les trahïssait pas, ne les trompait pas, ne les flattait pas d'une confiance vaine, car à l'instant même où le glaive se levait pour frapper, un grand cri déchira les airs, paralysant le bras du bourreau. Ce cri qui n'avait rien d'humain, se répercuta longuement dans le lointain, répété par les échos de la montagne, et Pham-Thong, frappé de ce signe mystérieux, sortit de son pavillon pour s'informer de ce qui se passait. Dès qu'ils l'aperçurent, les deux enfants se précipitèrent à ses genoux en poussant des lamentations déchirantes :

— « O notre père, comment le sang n'a-t-il pas parlé en toi pour te révéler que nous sommes ton fils et ta fille ? daigne abaisser tes regards sur nous, examiner nos traits et tu y retrouveras l'image de notre mère Cuc-Hoa que tu as tant aimée ! »

Interdit à la vue de ces malheureux dont les ardentes supplications ont amolli son cœur, il ordonne qu'on les délivre.

— « Ce sont peut-être des imposteurs, pense-t-il ; mais quel remords le poursuivrait sans relâche, si pour avoir négligé de les entendre, il s'exposait à détruire en eux l'espoir de toute sa vie ! »

Et en se déterminant de la sorte, il agissait sagement. La prudence et non la passion doit présider à toutes nos actions et surtout à celles d'où peuvent naître d'irréparables erreurs.

Lorsqu'il eut les mains libres, Phuc dénoua sa ceinture et en sortit le pan d'étoffe teinté du sang de sa mère. En en parcourant l'écriture., Pham-Thong n'eut plus de doute ; il ouvrit les bras à ses enfants, les referma sur eux dans une étreinte ardente, donnant à ses officiers interdits le spectacle impressionnant de ses larmes. Ayant désiré remercier le généreux vieillard, dont Phuc et Tinh lui avaient raconté les bontés, il le fit réclamer au bourreau qui déclara l'avoir vu s'évanouir sous ses yeux et se résoudre en buée quand avait retenti l'extraordinaire cri d'appel entendu par tous. On comprit qu'il était l'envoyé de Cuc-Hoa, chargé de la suppléer dans les dangers de la route auprès de ses enfants et de grandes grâces furent immédiatement rendues dans la pagode du camp aux mânes bienfaisants de l'épouse et de la mère.

— Mais pourquoi, interrogea un homme du peuple, le Ciel s'est-il plu à compliquer à dessein et de façon si dramatique ce qu'il lui était sans doute plus facile d'amener sans tant de détours à son heureux dénouement ? Pour me rendre d'un point à un autre, je prends toujours la ligne droite, parce que la moins longue et la moins fatigante et lorsqu'il m'arrive de suivre entre nos champs de riz les sinuosités capricieuses des sentiers, c'est réellement que je n'ai pas d'autre chemin à ma disposition.

— Faut-il vous répéter, répliqua le *Tien-Si*, ce que nous avons appris de la bouche de Cuc-Hoa et entendu des explications mêmes de notre vénérable Maître le bonze ? Nous éprouvons les javelots de bambou en les durcissant au feu. Phuc et Tinh qui doivent régner sur l'Annam, en des temps où il est indispensable d'être fort pour tenir dignement un sceptre, avaient besoin d'être exposés de bonne heure aux pires vicissitudes pour n'en être point ébranlés plus tard, à l'âge où l'homme a acquis son maximum de résistance.

— C'est bien cela, approuva le cénobite, et nous ne prenons de jeunes postulants dans nos monastères que pour les entrainer peu à peu, insensiblement aux plus dures austérités, dont l'habitude finit par les leur rendre agréables lorsque devenus adultes, ils s'engagent définitivement par la cérémonie de l'ordination.

*
* *

Pour se donner du courage, le *Tiên-Si* dont effectivement la voix paraît faiblir, absorbe une nouvelle lampée d'alcool. Aussitôt sa figure passe du jaune au rouge et après un claquement de langue expressif, s'étant essuyé les lèvres du revers de sa manche, il continue son recit ;

— De bon matin, sur la route poudreuse, un cavalier fend l'air au triple galop de sa monture, un enfant dans chaque bras. C'est Pham-Thong qui, passant le commandement de l'armée à son second, a quitté le camp aux premières lueurs de l'aube et s'en retourne à sa résidence royale. Cette chevauchée est du goût de Phuc, et Tinh y prend également plaisir comme son frère ; quand le cheval franchit d'un bond les fossés, escalade et dévale les pentes, ils poussent des cris de joie et battent allègrement des mains. Quant à leur père, les sourcils froncés, il ne cache pas son indignation, ni sa colère. Dans son cœur en effervescence et que travaille le ferment de la haine montent à gros bouillons les pensées de vengeance et d'homicide, et Tao-Thi ne compte pas plus à ses yeux que les immondes vers de terre sur lesquels son coursier pose de temps en temps le pied. Il l'écrasera de même, aussi impitoyablement, sans souci ni pour son rang, ni pour ses origines. Elle est descendue à la boue des prostituées ; elle sera traitée comme elles, et elle paiera au surplus pour les souffrances, pour les humiliations, pour les tortures, pour le crime avorté dont elle s'est rendue coupable vis-à-vis de ces deux petits à qui elle avait promis de servir de mère et dont elle a été le bourreau.

Après de nombreuses haltes, au bout de longues heures, ils aperçoivent le *yamen* du grand-père, auquel sans descendre de sa bête, Pham-Thong confia ses enfants et il repart. Il ne saurait s'arrêter, goûter de repos tant qu'il n'aura pas laissé exploser ses fureurs, et le même galop vertigineux recommence à travers les vallons et les plaines, dont il n'aperçoit pas le paysage, tout entier qu'il est à ses préoccupations intérieures et à son impatience de châtier. Du palais, Tao-Thi l'a aperçu au tournant du sentier et elle s'empresse à la poterne. Dans sa précipitation, elle a négligé de ceindre son turban et de revêtir l'ample tunique qui lui permet de dissimuler d'ordinaire un embonpoint naissant.

Elle salue son maître de trois inclinations, pendant que le tam-tam, depuis longtemps muet, gronde aux échos des vérandas sonores, Toute la garde est sur les rangs où scintille le fer des lances ; mais Pham-Thong n'a rien vu, rien entendu que sa femme dont l'obsession le poursuit et qu'il retient seule auprès de lui dans l'intérieur de son prétoire. Il la regarde avec la fixité étrange de ceux que tourmente l'envie de tuer, mais loin d'être terrifiée, elle feint l'étonnement et de sa voix de charmeuse, elle demande :

— « Qu'avez-vous, sire, pour n'avoir pas encore daigné accepter l'humble salut de votre servante ? »

Devant tant d'impudence, son courroux va-t-il éclater enfin ? Non, il reste de glace et son œil a des lueurs d'acier :

— « Qu'avez-vous fait de votre turban » interrogea-t-il, et sans attendre de réponse, montrant du doigt le ventre de Tao-Thi : « Pourriez-vous m'expliquer comment tout en étant seule, vous me produisez l'impression d'être deux ? »

— La rouerie de certaines femmes est insondable ; elles ne doutent de rien, et celle-ci affirma sans qu'un trait de son visage ne bouge :

— « Mais, souvenez-vous, Maître, que vous m'êtes venu visiter en songe et que nous célébrâmes cette nuit là nos épousailles ».

Pham-Thong partit d'un formidable éclat de rire qui retentit à la manière d'un froid métal.

— « Où est votre boy ? fait-il ».

— « Il est retourné chez mon père ».

— « Où sont mes enfants ? ».

— « Je ne sais pas ».

— «Ainsi vous savez ce qu'est devenu votre boy, mais vous ignorez ce que sont devenus mes enfants ? ».

Elle paie encore d'audace.

— « Eh ! comment le saurais-je, seigneur ? s'exclame-t-elle d'un ton larmoyant. Dédaigneux de ma tendresse, rebelles à mon autorité, ils ont déserté la maison sans se soucier de l'affliction qu'ils vous causeraient ainsi qu'à moi-même et malgré tous mes efforts, il m'a été impossible de retrouver leurs traces. J'ai bien pleuré, je vous prie de le croire, et aujourd'hui encore, quand je songe à tant d'ingratitude, j'en suis toute bouleversée ! »

Le roi s'est levé; d'un pas saccadé il arpente la prétoire, qu'il remplit de ses imprécations. Il s'attendait à des remords ou à un semblant de remords, et peut-être, sans aller jusqu'au pardon, une fois ses immédiates fureurs apaisées, il eût incliné à l'indulgence. Mais une attitude où la cruauté calculée de la criminelle qui ne regrette rien s'alliait aussi délibérément à la perfidie et au mensonge, lui cause des nausées de dégoût. La mort qui lave la faute dans le repentir serait un châtiment bien au-desous de l'offense. Il ne peut, d'autre part, à cause de la famille, exposer l'adultère à la risée publique en compagnie de son amant et à la vindicte des lois. Son incertitude va croissant ; mais après avoir rejeté tous les partis que lui suggère sa raison en déroute, il s'en remet au Ciel du soin de frapper et de punir !

Ayant fait réunir tous objets qu'elle a apportés avec elle le jour de son mariage, il donne l'ordre qu'on les lui rende, rédige, séance tenante, une lettre de répudiation, et sans colère comme sans pitié, mais dans un geste de souverain mépris :

— « Allez, commande-t-il, quittez cette demeure où vous avez apporté la honte et que votre départ doit purifier. Mes pauvres enfants sont saufs grâce à la protection de leur mère défunte, dont, indigne, vous aviez usurpé la place. Puisse tout le mal que vous leur avez fait vous être rendu. »

— Elle n'eut pas une parole de révolte, et son front impudique ne rougit point. Fière et dédaigneuse, elle sortit, d'un pas alerte franchit les allées, passa la poterne, arriva sur un tertre où caché derrière le tronc d'un banian, son amant l'attendait. Elle l'attira à elle ; ils s'enlacèrent sans honte à la face des génies tutélaires, dont les ex-voto nombreux suspendus aux branches barbues attestaient la puissance. Et c'est alors que le Ciel vengeur intervint. Un éclair sillonna soudain la nue, glissa le long du banian, déchiqueta les deux coupables dont les pourceaux se disputèrent les débris sanglants.

Un murmure de satisfaction s'éleva dans la pagode et apprit au conteur que, sans distinction de sexe ni de condition sociale, ses auditeurs, à l'unanimité, ratifiaient le juste verdict rendu et exécuté directement par Bouddha lui-même. Ils les félicita de ces sentiments et comme déjà l'ombre des mûriers couchée sur les blancheurs du parvis s'allongeait du côté de l'Orient, il décida de remettre au lendemain la fin de son récit. Là-dessus, après quelques prosternations, aux idoles, le flot des fidèles s'écoula du sanctuaire sur le parvis, du parvis dans la plaine bourdonnante où chaque touffe de paddy abritait un Tarde ailé pour les prochains concerts de la nuit.

DEUXIÈME PARTIE

CHAPITRE PREMIER

Le lendemain, de gros nuages cotonneux, flottaient dans l'atmosphère et pesaient lourdement sur la rizière, dont les toisons verdoyantes s'inclinaient lamentablement vers le sol. Dans la pagode, même affluence que la veille, mais la chaleur torride, accrue par la flamme des cierges et le crépitement des aromates dans les brûle-parfums de cuivre, avait mis aux mains de chacun l'éventail de deux sous, fait de lamelles de bambou emprisonnées par une feuille de gros papier brun. Les épaules débarrassées de la tunique rejetée en arrière sur le dos, laissaient voir des aisselles parcheminées, des torses osseux, des seins fripés ou rigides, des chairs hâlées ou vierges encore des morsures du soleil, et sur lesquelles la sueur ruisselante s'évaporait du souffle violent des *quat* maniés avec frénésie. Le *Tiên-Si*, assis près d'un énorme œil de bœuf ou se projetait le panorama des champs uniformément verts, coupés dans le lointain par les méandres d'une rivière où glissaient des embarcations tirées à la cordelle, arrêta longuement ses yeux sur cette plaine au sein de laquelle gisaient ses morts et sur laquelle il s'inclinerait à son tour pour lui demander le repos après en avoir reçu la vie. Puis, comme il étouffait, il se débarrassa de sa mître, s'épongea le front avec un pan de cotonnade de couleur sombre et les bécons préposés aux flabelli de plumes, car à leurs mouvements de plus en plus mous, il comprenait bien qu'ils ne tarderaient pas de s'endormir. Décidément, personne n'était en train, pas plus lui à conter que ses concitoyens à l'entendre.

Cependant, secouant la torpeur qui le gagnait, il se décida à reprendre son récit après avoir invité le bonze que l'ambiance ne paraissait pas incommoder, à le seconder dans sa tâche et à l'y suppléer au besoin.

— D'après nos traditions, énonça-t-il, l'univers habité se divise en trois mondes : le Ciel, la Terre, et le pays des Ombres. La Terre, nous la connaissons, sans qu'il soit nécessaire d'en parler plus longuement. Le Ciel, nous l'apercevons au-dessus de nous et il sert de séjour aux Immortels, c'est-à-dire à tous ceux qui parmi nous se sont distingués par des actions méritoires ; grands hommes de guerre, rois illustres, mandarins débonnaires et pieux bonzes y ont leur place marquée et y vivent auprès du Bouddha souverain dans cette absence de désirs qui est la condition du suprême bonheur.

— Pourquoi, interrogea une femme, ne nous est-il pas permis de nous élever de la Terre au Ciel avec la même facilité que nous allons d'un pays à l'autre ?

— Si cela n'est plus possible aujourd'hui, répartit le moine, il ne faut s'en prendre qu'à votre sexe. La première de vous qui voulut faire sécher son pantalon au soleil, choisit pour cette opération un bambou si démesurément long qu'elle en heurta la voûte du Ciel. Aussitôt, les Immortels courroucés transportèrent leurs demeures en un point de l'espace où il nous est impossible de les atteindre désormais. Pour communiquer avec eux, nous sommes obligés d'emprunter le ministère des flammes, de brûler nos requêtes pour qu'elles leur parviennent et ceux qui, après de nombreuses années de vertus et d'austérités, désirent forcer sûrement l'entrée du Paradis, doivent monter sur un bûcher et accepter d'y être incinérés vivants.

— Mais ce sont-là d'atroces souffrances, s'exclama un nouveau venu, imbu des idées occidentales, puisées dans les livres des écoles de la province dont il suivait les cours. Je doute qu'un être humain, doué de toute sa raison puisse s'y exposer volontairement, et cette folie commise, trouver en soi la force nécessaire pour consommer entièrement son sacrifice.

— Inutile de nier ce qui est, répliqua le bonze. Ces sortes de sacrifices ne sont pas fréquents, j'en conviens ; on ne saurait cependant contester leur existence. Quant aux souffrances qui vous paraissent au-dessus de notre nature, tranquillisez-vous. Si vous aviez été hier des nôtres, vous m'auriez entendu dire qu'il y a un apprentissage de la douleur et qu'on le donne dans les monastères. A force de macérations, le corps finit par devenir insensible et la crémation n'est permise par nos supérieurs qu'après seulement que, par des expériences renouvelées à l'aide de brûlures sur les différents membres, on a acquis la certitude que le patient pourra supporter victorieusement l'épreuve.

Le *Tien-Si* coupa court à cette dissertation qui, visiblement, l'énervait.

— Le séjour des Ombres qui est placé sous l'autorité d'un certain nombre de Génies, auxquels Dieu a délégué une partie de sa puissance, s'étend sous nos pieds et c'est là que vont résider, après leur mort, tous les êtres, bons ou mauvais, qui n'ont pas été jugés dignes d'être admis dans le Ciel. Ils y vivent de la même manière que nous sur terre, avec cette différence que leurs corps plus fluides que le nôtre a toutes les apparences d'une ombre et peut se contenter des mets, ustensiles, maisons, vêtements. embarcations, serviteurs, monnaie, lingots postiches dont nous faisons, à nos défunts, l'offrande à l'occasion de leurs funérailles ou de leurs anniversaires. Manquer à cette pieuse tradition, c'est les exposer à être malheureux et les condamner à se joindre pour le mal aux esprits dont la mission est de nous tourmenter.

— Ainsi, ricana le jeune étudiant, vous croyez encore aux *ma qui* ?

— Il le faut bien, intervint le bonze, sous peine de ne rien comprendre aux événements fâcheux qui nous affligent et, en particulier, aux maladies épidémiques si nombreuses dans le pays d'Annam.

— Point n'est besoin des *ma* pour les expliquer, insista l'adepte des sciences européennes. Notre manque d'hygiène y suffit; c'est lui qu'on doit incriminer, lui seul engendre les fléaux qui périodiquement nous déciment.

— Les faits sont là, plus forts que toute votre logique occidentale importée ici à l'unique fin de ruiner nos croyances. Rappelez-vous l'apparition du choléra dont nous souffrîmes tant l'an dernier et que nous dûmes à l'imprudence de quelques-uns des nôtres qui avaient cru pouvoir dédaigner mes conseils. Au lieu de marcher la nuit sur les bas côtés des sentiers, ils s'étaient imprudemment heurtés dans le milieu du chemin aux esprit squi promènent, à certains mois, avec eux, la peste. Les rites accomplis, aussitôt le mal cessa. Mais des enfants du village voisin, ayant dérobé sur le fleuve un de nos *ex-voto* incomplétement consumé, introduisirent par lui la maladie dans leurs familles. Elles étaient catholiques comme elles le sont presque toutes là-bas. Ni les prières ni les médicaments du missionnaire ne purent les préserver de la contagion et ce n'est que par mes pratiques, occultement sollicitées, qu'ils parvinrent à la conjurer.

Incapable de rien opposer de précis à de pareils arguments, l'interrupteur se tut. Peut-être n'était-il pas bien sûr de ce qu'il avait si doctoralement affirmé !

*
* *

— Le fait, pour Cuc-Hoa, poursuivit le *Tiên-Si*, de s'être montrée à ses enfants à l'endroit de sa tombe, persuada Pham-Thong qu'elle devait habiter le séjour des Ombres, et il en conçut le désir d'aller l'y visiter. Ayant donc convoqué les bonzes les plus érudits de l'Empire, il les consulta sur son projet.

— Il est réalisable, déclara un vénérable abbé qui tenait tous les monastères sous son obédience, mais non exempt de périls.

— Et quels sont ces périls ? interrogea le roi.

— Vous y serez tenté de toutes les manières par les esprits jaloux de vous savoir encore au nombre des vivants, et si vous acceptiez d'eux la moindre nourriture, si vous cédiez aux plus inoffensives caresses d'une femme, tout espoir de retour parmi nous vous serait ôté.

— L'épreuve n'est pas de celles qui pourraient me faire reculer, conclut Pham-Thong.

Il décida donc d'effectuer le voyage.

En apprenant sa détermination, l'Empereur entra dans une si violente colère qu'il fut sur le point d'ordonner l'incarcération du roi pour l'empêcher de donner suite à pareille folie. Pham-Thong lui était nécessaire et à aucun prix il ne consentirait à ce qu'il exposât son existence pour satisfaire la fantaisie qui le tentait. Les services rendus, ceux qu'il en attendait encore, la menace constante des Chinois qui guettaient aux frontières l'instant où le fameux général ne serait plus là pour les arrêter, tout commandait au père de Thi-Sen son attitude, et celle-ci eût dû s'y conformer, en raison de son amour même. La rencontre de Pham-Thong et de Cuc-Hoa lui enlèverait définitivement toute possibilité de nouer les fils rouges avec l'élu de son cœur. Et cependant, ce ne sont ni ses préférences ni ses intérêts qu'elle écouta. Trop attachée au roi pour lui causer la peine la plus légère, elle adopta son parti auprès de l'Empereur qu'elle réussit à convaincre.

Au jour dit, la cérémonie se déroula dans la pagode privée du palais impérial, ainsi que le monarque en avait exprimé le désir. Après d'ardentes neuvaines où plus de cinquante moines avaient marmotté d'innombrables oraisons, dans le temple brillamment éclairé et tout imprégné des vapeurs des aromates, Pham-Thong fut ligotté à l'aide de bandelettes et déposé dans un cercueil ; puis, quand, sous l'effet des incantations, il eut été réduit à l'état de catalepsie, on lui recouvrit le visage d'une feuille de papier de soie sur laquelle étaient tracés des caractères sacrés. On procéda à peu près de la même manière à l'égard de son cheval favori qu'il avait tenu à emmener avec lui.

Pendant ce temps, les religieux en prières redoublent de ferveur, l'encens crépite plus fort dans les brûle-parfums antiques, les gongs d'airain frémissent et la princesse Thi-Sen, assistée de son père et du chef des cénobites, regarde droit dans un miroir placé devant elle. Le rôle qu'elle a assumé là est capital ; ce n'est pas son propre visage qu'elle contemple ainsi, il ne lui découvrirait que la pâleur des fronts que le chagrin ronge. Sa mission est de suivre Pham-Thong dans toutes ses évolutions, de le guider, de le prémunir contre les dangers de son expédition aventureuse, en appelant à son aide le secours d'En Haut. Et, très distinctement, elle l'aperçoit, caracolant dans un interminable souterrain que peuplent des myriades de phalènes. Parfois surgissent à côté de lui des dragons irrités qui vomissent des flammes et toute une légion de vampires immondes, au vol lourd, s'agitent autour du cavalier intrépide. Il passe dans un galop rapide de sa bête courageuse, mais pour se heurter bientôt à un essaim de filles superbes, à demi-nues, qui se tiennent par la main, lui présentent en riant leurs charmes, exécutent devant lui une ronde lascive. Soudain, elles s'évanouissent, cèdent la place à une cohorte de gnomes aux membres tordus, dont les faces de brutes reflètent toutes les hideurs du vice. Ils s'attachent obstinément à lui ; leur cercle s'élargit au fur et à mesure qu'il avance. Ils poussent des hurlements de bêtes, le menacent, l'insultent, bondissent après son cheval dont ils tentent de saisir le mors, et finalement disparaissent à leur tour, ou bien se métamorphosent en des couples humains qui s'enlacent, s'étreignent, se chevauchent en des poses ignobles de bêtes en rut. Pham-Thong n'a pas même daigné leur jeter un regard : il a grande hâte de sortir de cette galerie ténébreuse dont il connaît la fonction qui est de servir de voie d'accès de la Terre au Pays des Ombres. Il presse sa monture. Mais à l'instant, celle-ci s'arrête et se ramasse sur elle-même en tremblant. Qu'y a-t-il ? Une odeur sauvage remplit l'air et tout un troupeau de fauves : éléphants, gaurs, tigres barrent la route. Leurs yeux luisent dans l'obscurité et annoncent la soif du carnage. L'un des adversaires barrit effroyablement, c'est le signal de la lutte que Pham-Thong ne refuse pas. Il pique de l'éperon son coursier qui se cabre, mais pour retomber sur des fantômes. Et le voici aussitôt devant une porte épaisse, aux barreaux massifs fermés par d'énormes cadenas. Une voix puissante de géant crie :

— On n'entre pas.

Pham-Thong répond :

— Moi, j'entre quand même.

L'obstacle s'évanouit, et découvre devant le voyageur les perspectives mystérieuses d'un monde nouveau.

Sous un ciel d'un azur vaporeux, s'étendent de vertes campagnes où pousse un riz déjà haut sur tiges. Des voiles gonflées sur les mâts pointus poussent, à travers cette immensité, d'invisibles carènes. le long d'invisibles cours d'eau. De larges haies de bambou marquent çà et là l'emplacement de quelque village, et courbent sous la brise leur panache où roucoulent des ramiers. Et dans le lointain, des montagnes grises érigent la dentelure de leurs cimes dont l'ombre s'allonge et grandit. Muet de saisissement, Pham-Thong a de la peine à retrouver ses esprits ; en lui se heurtent les sentiments les plus divers, de la surprise à l'épouvante. Certes, rien ne diffère, en apparence, de ce qu'il aperçoit à ce qu'il a déjà vu ; le pays des Ombres, exactement copié sur notre Terre, n'en est que la banale réplique. La réplique n'est pourtant pas tout à fait fidèle. Rien n'est moins réel, moins tangible, que le panorama dont les yeux du voyageur sont remplis. A le bien examiner, il y remarque une fluidité, une inconsistance, une immatérialité qui tiennent du songe. Ce sont les mêmes êtres, les mêmes décors, les mêmes teintes que dans le monde des vivants, moins leur lourdeur et leurs scories, moins ce qui les empêche de se volatiliser aussitôt qu'on les touche. Il se baisse pour cueillir une fleur, elle lui échappe en lui abandonnant ses senteurs, tandis qu'une motte d'argile qu'il a la prétention de saisir, lui glisse dans la main comme un gaz subtil et prompt à se répandre.

— Cela est-il possible ? demande un paysan dont le cerveau habitué aux vérités concrètes comprend difficilement qu'il puisse rien exister hors ce que les doigts palpent et peuvent soupeser ou pétrir.

— Certes, oui, trancha le professeur à lunettes. Est-ce que l'empreinte des objets que perçoivent nos yeux ne subsiste pas en nous-même après que ces objets ont disparu ?

— Oh ! dans ce cas, réplique le campagnard, voilà qui est bien commode ! Quand je vous vendrai mon paddy, vous vous contenterez de le regarder, et vous me le paierez tout de même, comme si vous l'emportiez effectivement.

La répartie fut peu goûtée ; elle était déplacée dans une assemblée où les incrédules, peu nombreux d'ailleurs, se gardaient, par superstition ou respect humain, d'affirmer leur septicisme.

CHAPITRE II

Pham-Thong, poursuit le narrateur, continue sa route et arrive dans une bourgade où se tient un important marché. Tout au long de la grande rue, sur le seuil des paillotes, des femmes, corbeilles à leurs pieds, offrent aux clients tous les produits du sol ou de l'industrie : riz, patates, boules de cunaü, choux, salades, volailles, poissons saumurés, sucreries. Les acheteurs s'arrêtent, discutent, paient avec des barres de cuivre ou d'argent. Il y a parmi eux des boys de mandarins, élégamment vêtus, prétentieux et frondeurs, au parler haut et à la démarche insolente. Ils ne disent pas toujours du bien de leurs maîtres : ils ne permettent pourtant point que personne en médise. Ils ont l'orgueil de leur rang. Il y a aussi des femmes coquettes dont l'unique souci est de montrer la finesse de leurs pieds ou les bijoux de prix qui ornent leurs poignets ou leur cou. Il y a des paysannes encore étrangères à l'usage du pantalon, et dont la jupe aux pans allongés sur le devant, leur permet, dans la position assise, de dérober d'un simple retroussis, des détails intimes aux regards indiscrets. Il y a toute une cohue de gens affairés, presque silencieux, aux gestes sobres, et recueillis, et qui glissent plutôt qu'ils ne marchent, dans un froufroutement grave d'étoffes. Il y a des mendiants et des bâteleurs, des diseurs de bonne aventure et des écrivains publics qui manient le pinceau, accroupis sur une natte, des lettrés qui flânent, des linhs attablés devant un restaurant d'où ils surveillent d'un œil distrait une corvée de prisonniers.

L'un de ces derniers a été préposé à la garde des armes des satellites; ses camarades comptent les brins d'herbe de la chaussée et quand ils sont arrivés à cent, ils en arrachent un. D'autres, ennemis du soleil, se sont réfugiés à l'ombre d'un ficus où le sol est net de toute végétation, mais pour témoigner de leur bonne volonté, ils ont gardé une poignée de gazon dans les mains. Pham-Thong, qui demande en vain, un peu partout, des nouvelles de Cuc-Hoa, pense qu'il sera plus heureux en s'adressant à ces hors la loi dont la curiosité sans cesse en éveil est d'ordinaire un source d'informations sûres. Il apprend qu'elle ne leur est pas inconnue. Ils en ont entendu parler par un de leurs co-détenus, originaire des régions lointaines et qui leur avait vanté sa sagesse et sa beauté. Mais ce renseignement, difficile à utiliser sur place, ne les intéressant que médiocrement, ils ont laissé partir leur compagnon sans en rien obtenir de plus précis.

Mais à donnant donnant, et le roi, de qui les prisonniers réclament quelque menue monnaie en échange de leurs services, leur fait distribuer du tabac, des noix d'arec et des galettes à l'anis, ce que voyant, les linhs accourent pour n'être pas oubliés dans la répartition. La générosité ouvre les cœurs, prétend un de nos proverbes ; elle délie aussi les langues.

— A part ces deux ou trois qui portent des chaînes à la ceinture et aux pieds, nous n'avons rien ou presque à nous reprocher, déclare l'orateur de la bande, tout en rectifiant d'un mouvement des épaules la position de la cangue dont les barreaux lui enserrent le cou. Il suffit d'être mal avec les autorités, de ne pas se plier volontiers à leurs fantaisies, de récriminer même timidement contre des mesures oppressives, pour être aussitôt en butte à des tracasseries qui aboutissent généralement à des poursuites et à des condamnations.

Pham-Thong coupa court à cette diatribe qu'il appréciait d'ailleurs médiocrement en sa qualité de prince souverain. Il voulut savoir de ses interlocuteurs s'ils étaient bien traités par leurs geôliers.

— A dire vrai, répartit le même interlocuteur, nous pourrions l'être beaucoup plus humainement. Le commerçant chargé de notre nourriture réalise des bénéfices abusifs en ne livrant ni les quantités ni la qualité. Il n'est pas rare que le riz insuffisant soit mélangé de chaux et le poisson salé de débris et d'arêtes. Quand nous sommes malades, il est des gardiens qui nous soignent à coups de triques ; nous n'avons pas toujours de natte l'hiver, nous devons grelotter de froid ; et pour le moindre écart qui ne mériterait pas un chiquenaude, on nous inflige souvent la peine des fers. Mais ce qui nous est le plus insupportable, ce sont les privilèges dont jouissent certains d'entre nous.

Et allant au devant de la pensée du voyageur, le prisonnier poursuivit, non sans une pointe d'envie :

— Oui, ceux de nous qui ont la chance de connaître un métier, tels que boy, cuisinier, tailleur, brodeur, saïs, bonnes d'enfant, ébéniste, sont l'objet de toutes les attentions. Ni cangue, ni chaînes, mais de beaux habits, et la liberté d'aller et de venir à leur guise et même d'entretenir une maîtresse en ville. Il leur suffit de servir fidèlement et pour rien tous ceux auxquels notre misérable condition nous assujettit, depuis le pho-quan qui nous garde jusqu'aux hauts fonctionnaires du district et au juge qui nous a condamnés. A la vérité, quelques-uns sont surchargés de besogne, sans compensation d'aucune sorte, maltraités par ceux là même qui sont tenus d'appliquer la loi sur la brutalité et les violences. Ils voient parfois se prolonger leur martyre par unç aggravation de peine dont la seule raison est de les retenir davantage auprès de leurs maîtres. Mais ce sont là des cas isolés. La plupart d'entre eux, ordinairement les moins recommandables, ont un traitement de faveur qui est un défi à notre infortune.

Le *Tien-Si* s'arrêta, but une gorgée de thé bouillant relevé de quelques gouttes d'alcool, et parut s'étonner, en portant les yeux sur l'auditoire, de voir qu'on souriait en chuchotant.

— Eh bien ! quoi, qu'est-ce qu'il y a ? fit-il.

— Rien, hasarda malicieusement un notable. On dirait à vous entendre que Pham-Thong a vécu de nos jours.

— Je vous en prie, rectifia avec le plus grand sérieux l'homme à la mitre, ne cherchez pas des allusions où il ne saurait y en avoir. Vraiment, est-ce ma faute si les détenus de tous les temps se ressemblent.

*
* *

Je laisse la parole à Thi-sen, déclare le *Tien-Si.* Attentive aux moindres incidents du voyage de Pham-Thong, elle en instruit son père qui l'écoute avec l'intérêt le plus vif.

— Il s'est remis en route, dit-elle ; son cheval file comme le vent à travers les campagnes ensoleillées où les brises vespérales chantent les hymnes de la saison prochaine ; deux individus sont aux prises dans un champ.

L'un a les allures d'un paysan et à la mise de l'autre je reconnais un collecteur de l'impôt. Il s'est précipité avec de grands gestes sur l'homme des rizières et lui reproche âprement son retard à s'acquitter de la taxe. Craintif, le taillable répond qu'il est dans l'impossiblité de satisfaire à ses exigences. Tout ce qu'il possède, il le porte sur lui. Qu'on lui accorde un délai; il s'acquittera intégralement à la récolte. Supplications vaines. Le collecteur, impitoyable, fond sur son débiteur et le dépouille. Il lui arrache son turban, sa veste, sa ceinture et son langouti, et comme un chapeau de feuilles de latanier se trouve en bordure du chemin, il s'en empare.

Ce n'est du reste qu'un acompte ; il reviendra quand les paddys seront mûrs, et si leur produit ne suffit pas à éteindre la dette, on saisira les instruments de travail, la cabane, la femme et les enfants. Arrive Pham-Thong, qui, de loin, a été témoin de la scène et, pris de pitié, désintéresse immédiatement le créancier. Celui-ci, impressionné par tant de générosité, se prosterne aux pieds du roi, restitue son bien à sa victime et court recommencer ailleurs ses exploits.

Pendant que l'homme des champs se rhabille, le voyageur l'interroge. Il est surpris de rencontrer, aux pays des Ombres où les êtres en principe sont meilleurs que sur Terre, un compatriote oublieux du premier de ses devoirs, qui est de payer sa part des charges publiques. Pour en être arrivé à cette extrêmité, il fallait qu'il eût des vices ou bien qu'il fût possédé d'une blâmable obstination, car il n'a pas d'excuse apparente pour justifier sa négligence. Les rizières sont belles, les grains lourds et nombreux, la moisson prometteuse, et tout cela c'est de la richesse. En l'écoutant, le débiteur du fisc pousse de profonds soupirs. On voit bien que son interlocuteur est étranger à la région, et lui-même ne pensait pas autrement, il y a une vingtaine d'années, lorsque Là Haut il s'endormit pour toujours entre deux cierges de cire sur son grabat de feuilles mortes. Il espérait jouir enfin de l'éternel repos qui récompense au delà de la tombe ceux dont toute la vie, penchée sur la glèbe, fut une lutte pour arracher du sol leur subsistance et payer le tribut que tout bon fils d'Annam doit à l'Empereur. Hélas ! combien, il avait été déçu ! Le tribut est une institution qui ne meurt pas, non plus que les nécessités de l'existence, et il eut la cruelle désillusion de le retrouver plus vivace et plus impitoyable et plus lourd, guettant son réveil dans ce monde nouveau, représenté pourtant comme un monde meilleur. Ah ! il y affirme orgueilleusement sa pérennité. Rien n'y existe que lui seul en face de nos bonheurs chimériques. Il y a pris toutes les formes et il s'y est décuplé en se répercutant sur tout. Il frappe l'argile du champ, et l'eau du ciel qui la détrempe, et la semence qu'on y répand à la volée, et celle qui lève ; il frappe le coton à peine sorti de sa gaine, et celui qu'on carde, celui qu'on lave, celui qu'on teint ; il frappe le fil qu'on en retire, et le rouet, et le métier, et l'étoffe, l'industrie du tailleur, le vêtement confectionné et le luxe qu'il atteste après avoir passé des mains du marchand sur les épaules qui le portent. Tout à l'heure, Pham-Thong a vu ce paysan complètement mis à nu comme à la sortie du ventre de sa mère, et ce n'est pas là un vain symbôle. Chacun des objets dont le malheureux a été spolié représente une taxe, plusieurs taxes, et il en va de même de ses instruments de labour, du chaume et des murs de pisé de sa paillote, de ses meubles sordides, et de tous les membres de sa famille, y compris des plus petits.

On lit sur le front de Pham-Thong les signes d'une profonde préoccupation. Comment expliquer, songe-t-il, qu'à mesure des améliorations dans la manière de vivre d'un peuple, les charges de celui-ci progressent au lieu de diminuer ? Sans doute, parce que ses besoins ayant augmenté, les obligations du prince qui doit y satisfaire, se sont accrues dans une proportion égale, d'où la nécessité de se procurer de plus importantes ressources et, par voie de conséquence, d'élever le chiffre de l'impôt.

— Rien n'est plus judicieusement pensé, observa l'Empereur.

Mais poursuivit sa fille, voici, que le paysan a prévu précisément l'objection qui est déjà sur les lèvres de son interlocuteur. Il tient à le détromper. Ce qu'il a pris pour un mieux être ne saurait être légitimement attribué à l'action tutélaire des pouvoirs publics. Un climat exceptionnellement doux, une température toujours égale sont les causes uniques de la régularité des récoltes. Il n'a pas été nécessaire de construire des digues, ni de creuser des canaux dans une contrée où les cours d'eau, se modelant sur l'humeur pacifique d'un ciel exempt de tempêtes, ne connaissent rien des brusques colères qui les entraînent hors de leurs rives pour les laisser à sec presque aussitôt la crue passée. Les chemins, tracés par la nature, existent depuis des millénaires tels qu'ils sont aujourd'hui encore ; leur entretien n'entraîne aucune dépense, pas plus que les soins de la santé publique dans une région où la maladie n'exerce point de ravages, parce que ses habitants sont immortels. Evidemment, la piraterie n'est pas sans procurer parfois de sérieuses inquiétudes, et pour la réduire ou la tenir en respect, il faut des troupes, et ces troupes coûtent cher. Pourtant les brigands seraient beaucoup moins nombreux si l'on faisait moins de mécontents ».

Où va donc l'argent de l'impôt ? A une nuée de fonctionnaires inutiles dont le Ciel se débarrasse en nous gratifiant des Génies en excédent dont la terre a encombré ses parvis. Ils sont dix là où il y a du travail pour un. Ils compliquent ce qui est simple, embrouillent ce qui est clair, retardent les solutions qui pressent, grossissent des riens, dramatisent des enfantillages, discutent à perte de vue sur des puérilités, se chamaillent, se jalousent, s'espionnent, se tendent mutuellement des pièges et n'ont de plus délicate jouissance que d'y voir tomber, quelquefois lamentablement, un des leurs. Mais l'entente entre eux est complète pour accumuler des paperasses, brimer le contribuable et exiger de lui, sous forme de laïs, l'équivalent de ce qu'il acquitte déjà si péniblement au titre de l'impôt.

— Tout cela est monstrueux, remarqua l'Empereur, et certainement que Bouddha l'ignore. Bonzes, dressez un rapport de ce que vous venez d'entendre et nous le transmettrons sans retard par le ministère du feu.

Les moines s'empressèrent, poursuivit le *Tiên-Si*, et sur les feuilles de papier de soie les pinceaux relatèrent, en caractères artistiquement dessinés, les paroles que le paysan avait confiées à Pham-Thong.

Ici le vieillard fit une pause, prit sa mitre à côté de lui, la changea de place et, d'un ton qui n'admettait pas de réplique, il ajouta :

— Afin d'éviter tout commentaire tendancieux, je tiens à déclarer qu'il n'existe aucune parité entre le pays des Ombres visité par Pham-Thong et l'Annam d'aujourd'hui. Cela est l'évidence même.

CHAPITRE III

Un coup de vent subit a balayé les nuages amoncelés sur le ciel de Binh-Yên. L'atmosphère surchauffée est rafraîchie et dans la pagode un sentiment de bien-être se manifeste aussitôt par des exclamations joyeuses et le repli des éventails qui réintègrent leur place derrière le cou, plantés droit entre la tunique et la chair. Le *Tien-Si*, craignant de s'enrhumer, se couvre le chef de sa mitre et, la voix mieux assurée, d'un timbre plus net, il reprend son récit.

— Pham-Thong n'a pas encore rencontré Cuc-Hoa. De ses informations, il résulte que les prisonniers ne l'ont pas trompé; elle réside bien aux confins extrêmes du pays des Ombres. Sans s'arrêter davantage, il va donc droit devant lui, au gré de sa monture impatiente et qui ne paraît pas éprouver de fatigue. Il parvient ainsi dans une cité considérable où il est forcé de mettre pied à terre, car l'émeute gronde dans les rues. Une émeute, dans ces régions par définition pacifiques! il y a certainement là de quoi nous surprendre. Nous ne devons, pourtant, nous étonner de rien, après ce que nous avons entendu de la bouche des nha-pha en corvée et du paysan victime du fisc. L'homme reste toujours ce qu'il est, et ce n'est ni le changement de milieu ni la mort même qui pourraient le transformer. En émigrant dans les régions d'outre-tombe, nous y emportons avec nous nos passions, nos défauts et nos vices, et nous avons vu que les Immortels n'échappent pas à cette loi.

C'est précisément un Immortel qui est ici la cause de tant de tumulte. Il occupait de hautes fonctions sur terre et lorsqu'il eût trépassé, bien qu'ayant de son vivant molesté à peu près tout le monde, il se vit décerner par ses administrés les honneurs dûs aux Génies. Il était loin de les mériter, certes ; il y avait eu simplement méprise. Ceux de qui lui venait ce culte, ayant mal lu dans leurs cœurs, avaient, par un enthousiasme qui tenait du délire, confondu la joie qu'ils éprouvaient de sa disparition avec ce que d'autres nomment reconnaissance. Le Ciel fut la dupe de cette nanifestation et Bouddha crut être agréable aux populations qui le lui avaient envoyé, en le leur renvoyant à son tour comme chef de leur district aux séjours infernaux. Justement, c'est ce qu'ils n'auraient voulu à aucun prix, et le nouveau venu ne tarda pas à leur prouver qu'ils avaient raison.

Cet homme, qu'on avait, on ne sut jamais pourquoi, surnommé Piège-à-Vermine, était gras de corps, presque difforme, avec une face couperosée, encadrée d'une barbe sordide. Le buste, toujours penché en avant, à cause de certaines infirmités qui l'empêchaient de s'asseoir à la manière de tout le monde, il évitait de regarder en face, et son œil, à-demi caché par la paupière, jetait à la dérobée des éclairs où la cruauté se mariait à la ruse. Perdu de vices, il ne se tenait bien qu'à table, engloutissant facilement dans un même repas un chapon tout entier et une marmite de riz. Aussi ses digestions étaient-elles laborieuses. Elles ne lui laissaient de loisir que quelques heures, le soir ; c'étaient les seules qu'il consacrât au travail. Quant à ses nuits, elles étaient marquées par de crapuleuses débauches, pour lesquelles ses serviteurs enlevaient de force à leurs familles les filles impubères, réservées à ses ardeurs de cinquantenaire libidineux.

Toutes ces vexations, aussi odieuses qu'elles fussent, on les aurait endurées peut-être, dans l'espoir que l'âge, à défaut de retenue, y apporterait un jour un terme. Malheureusement, au penchant de la débauche s'alliait le crétinisme d'un individu ombrageux, soupçonneux, jaloux, petit à la fois d'esprit et de cœur. N'ayant d'autre compagnie qu'un subordonné à qui son âme de valet permettait toutes les complaisances, il ne s'en croyait pas moins, dans son égoïste vanité, le centre du monde, et tout, dans ses projets, dans ses actes, dans ses résolutions, évoluait autour de ce moi devenu l'unique critérium sur lequel il jugeait gens et choses. Très haute était l'idée qu'il avait de ses propres talents et de sa probité; il s'estimait d'essence supérieure; autrui ne lui inspirait guère que du mépris.

Dès lors, il devait aboutir logiquement aux méthodes d'administration tracassières qui avaient transformé son district en un camp de suspects. Il n'y pouvait paraître un étranger sans qu'aussitôt ses policiers en campagne s'enquissent de son nom, de ses origines, de son itinéraire, de ses intentions. Des agents provocateurs, sous le nom d'émissaires et qui s'arrogeaient tous les droits parce que leurs excès demeuraient impunis, parcouraient à toute heure les quartiers de la ville, les villages, écoutant derrière les portes, arrêtant et dépouillant les courriers, sollicitant les confidences, se renseignant par tous les moyens permis ou non, à seule fin de contenter la démence d'un maître qui ne rêvait que délation. En sorte qu'il n'est pas un de ses infortunés administrés qui n'eût son dossier et substantiellement alimenté d'anecdotes, de chiffres, de détails piquants et de petites infamies toutes prêtes à excuser quelque acte d'autorité ou des poursuites juste au moment opportun.

Le district n'en marchait pas mieux pour cela, au contraire. Les vols et les brigandages s'y multipliaient avec d'autant plus que de fréquence qu'ils avaient pour auteurs ceux-là même qui étaient chargés d'assurer le bon ordre, c'est-à-dire les tout puissants indicateurs. Persuadé, sans doute, que ces excitations n'étaient pas suffisantes et qu'il pouvait tout oser contre un peuple si lent à murmurer, le mandarin édicta que toute personne sortant des agglomérations urbaines où y entrant devait se soumettre à un interrogatoire et à une visite corporelle auxquels il préposait un certain nombre de ses satellites. Ce fut la goutte d'eau qui fit déborder le vase et déchaîna l'insurrection.

Pendant qu'un groupe de manifestants exposait ces griefs à Pham-Thong, la foule, ayant forcé les portes du yamen, en revenait, traînant au bout d'une longue corde Piège-à-Vermine, qui était attaché par le cou. Nul ne sait ce qu'il fut devenu sans l'intervention du roi. Il calma les colères, promit de plaider la cause des opprimés, et avant que ses interlocuteurs eussent le temps de se ressaisir, il enfourcha son cheval, chargeant devant lui le mandarin qui malgré son volume ne pesait guère plus qu'un fêtu de paille.

— Dommage ! soupira un vieillard qu'une série d'invraisemblables procès avaient ruiné. Quand on les tient, on ne devrait pas pouvoir les laisser échapper.

— Vous avez les rancunes féroces, vous, chacun le sait ; c'est pourquoi il est inutile de nous en instruire, riposta le *Tien-Si*. Nous ignorons, d'ailleurs, quel sort notre héros réserve à son nouveau compagnon de route.

*
* *

La discussion s'engagea sur le point de savoir comment un Immortel en avait été réduit aux extrémités où Piège-à-Vermine était tombé. Les uns affirmaient que pour être montés au Ciel, les Génies n'en sont pas moins faillibles et par suite exposés à toutes les conséquences de leurs actes. Les autres soutenaient le contraire.

— Nous n'avons pas à les juger, disaient-ils, et malheur à qui porte sur eux une main sacrilège. Celui qu'on a très irrespectueusement sobriqué Piège-à-Vermine n'est pas une exception et nul doute que ses sujets, dont le devoir était de se plier docilement à ses volontés, n'eussent tardé à expier cruellement leur crime, si Pham-Thong ne les avait empêchés de le consommer.

— Vous êtes tous également dans l'erreur, trancha le bonze. Parce qu'Immortels, les habitants de Ciel sont incapables aussi bien de périr que de déchoir, et nul d'entre nous, ombre ou créature vivante, n'a le pouvoir, même d'intention de prévaloir contre eux. Il faut donc supposer, et Pham-

Thong l'a tout de suite compris, que Piège-à-Vermine n'était pas un Génie, mais un simple mortel, comme nous, que Bouddha, dont les vengeances sont équitables, avait donné pour maître à ses anciens administrés, tout à fois afin de le punir de ses iniquités passées et de leur inspirer de tardifs remords de leur légèreté à lui dresser des autels.

Cette opinion qui conciliait les contraires, était trop conforme à l'esprit annamite pour ne pas rallier les suffrages. Le *Tiên-Si* lui-même s'y rangea volontiers, ce qui flatta agréablement l'amour-propre du moine, et sans plus tarder, il continua sa narration.

— Pham-Thong, fit-il, vient de pénétrer dans une espèce de forteresse, ceinte de hauts murs et que garde un geôlier à l'aspect farouche.

— Où suis-je ? demande le voyageur.

— Dans un asile de fous, lui répond son hôte.

— Un asile de fous ? Je n'ai encore vu rien de tel.

— Evidemment, il n'en existe pas sur les terres d'Annam ; vous êtes restés trop frustes et la folie est un produit de la civilisation. Or, ici, nous sommes des civilisés. L'immatérialisation des corps rend à la pensée toute sa puissance, ce qui offre certains inconvénients, car affranchie des réalités, elle a des tendances à les dédaigner, et à se perdre dans le domaine des utopies.

— Alors, je tombe bien, reprit le roi. J'ai

avec moi un client qui fera votre affaire. Il est possédé jusqu'à la frénésie de la manie de l'espionnage. Enfermez-le donc et qu'il ait enfin des loisirs, après s'être tant occupé des autres, pour songer un peu à lui-même J'ai idée qu'il aura là de la besogne pour longtemps.

Ils parcoururent ensemble l'établissement, composé de cellules isolées, fortement barricadées de barreaux de fer, derrière lesquels se montraient les malades, intrigués par l'insolite visite qui leur survenait. A l'exception de quelques-uns qui poussaient des hurlements ou imitaient des cris d'animaux, ils paraissaient, tous, sous un calme apparent, normalement sains.

Il fallait converser avec eux pour se rendre compte de leur état véritable, et le premier que Pham-Thong interrogea entreprit aussitôt de l'initier aux mystères d'une généalogie compliquée et prétentieuse. Il se disait fils de roi, alors que son père coltinait des ballots pour les commerçants de la cité impériale. Mais combien d'entre nous ne sont pas plus sages et mériteraient tout autant l'épreuve du cabanon! Quand nous allons à la ville, c'est pour y parader, y étaler aux yeux de compatriotes qui se moquent de nous, des richesses, des mérites, une noblesse que nous n'avons pas, et ces boys fringants ou interprètes pommadés que nous vîmes partir du village pieds nus et les pantalons déchirés, ne tarissent plus, aujourd'hui qu'ils chaussent souliers vernis, sur l'excellence de leurs origines. Et j'ai ouï dire qu'à cet égard, les Français, nos maîtres, sont aussi malavisés que nous. Qui les a fréquentés dans leur pays et les retrouve ici, serait, paraît-il, incapable de les reconnaître.

— Ce que racontent nos frères mobilisés retour de France, est donc bien la vérité ? s'enquit le professeur de caractères.

— Il s'agit de s'entendre, précisa le *Tien-Si*. Sur bien des points, ils exagèrent, et parfois ils inventent. Que voulez-vous? Ils sont fils du soleil et pas entièrement libérés des défauts de l'Oriental. Cependant, on peut ajouter foi à leurs relations sur les femmes, qui là-bas piochent la terre, et les hommes, qui s'acquittent de besognes domestiques. Et cette révélation est toute à l'honneur de nos dominateurs. Le travail ennoblit et personnellement, moi qui en connais le prix, je suis étonné de la fausse pudeur apportée par un grand nombre d'entre-eux à avouer qu'issus de souche plébéienne, ils pousseraient en ce moment la charrue, s'ils ne s'étaient expatriés. Mais tout ceci est bien loin de notre sujet, et Pham-Thong s'est, certainement beaucoup moins que nous mêmes, arrêté aux divagations du prétendu héritier présomptif de l'Empire.

Ses pas le conduisent auprès d'un pauvre savant dont la profondeur des calculs a troublé profondément la raison. Il a la marotte des dénombrements ; il cherche depuis de longues années la solution d'un problème dont les données d'ailleurs lui manquent et qu'il énonce comme suit : « Combien y a-t-il de grains de paddy dans les quantités de cette denrée, récoltée et consommée sur la terre d'Annam depuis qu'elle existe ? Le nombre obtenu est-il supérieur à celui des gouttes d'eau que le Fleuve Rouge déverse au cours d'une année dans la mer ? » A côté de ce phénomène, les visiteurs aperçoivent un lettré, d'allure timide et qui, penché sur une feuille de papier à-demi remplie de caractères, témoigne par tous ses traits, d'une contension d'esprit douloureuse. Qu'est-ce qui le préoccupe de la sorte ? Il a dans le temps projeté la composition d'un couple de sentences ; il en a écrit la première sans pouvoir encore, malgré de louables efforts, lui appareiller la seconde selon les règles d'un parallélisme étroit. Tandis qu'il s'évertue vainement à la poursuite de l'idée qui lui échappe toujours, Pham-Thong le considère frappé de son air paisible et doux.

— Mais c'est justement l'homme qu'il faut pour remplacer Piège-à-Vermine. Du moins, tant que l'occupera sa démence, il laissera les gens de son district tranquilles. Et, tout de suite, il ordonna qu'on lui rendît la liberté.

Les collections de l'établissement n'étaient pas des mieux assorties. En dehors de quelques maniaques du vol, de l'exhibitionnisme de la phobie du poison et des grands espaces vides, on n'y trouvait aucun des spécimens rares, inconnus en Orient jusqu'à l'arrivée des peuples d'Occident sur nos côtes, car c'est à ces derniers qu'il appartenait de nous injecter dans le sang le virus de leur agitation maladive. Que de folies ils nous ont inculquées dont nous ignorions jusqu'à l'existence ! Leur philosophie avec la négation pour base, leurs sciences qui sont un tissu de sortilèges, leurs stupéfiants de l'esprit et du corps, leur immoralité sans frein qui détraque par l'abus du plaisir et les raffinements de la débauche ont littéralement dépolarisé notre race, hors de son d'évolution naturel, dans le vertige de nouveauchamp tés malsaines. Nous savons ce qu'est n'avons l'électricité et la vapeur, maisde quel prix nous pas payé cette connaissance ? Si nos ancêtres revenaient, ils nous renieraient pour leurs fils. Les trépidations sous lesquelles le sol et l'atmosphère d'Annam tremblent au passage des monstres, enfants du délire, ont troublé le repos de notre vieux Dragon, ébranlé notre sensibilité inquiète et suscité en nous des rêves extravagants. Séduites par les paroles captieuses, nos filles ont donné leur chair et appris l'art des baisers qui énervent les sens, corrompent la volonté et l'inclinent à la recherche de jouissances contre-nature. Nos fils ont été hypnotisés à leur tour. Ils sont en train de progresser à la vitesse insensée d'un bloc qu'attirent les puissances de l'abime, oubliant que l'immobilité fut de tout temps notre force. Aussi vains dans leurs désirs que le papillon qui tournoie au-dessus de la flamme, ils se sont jetés dans le tourbillon, emportés vers des chimères dangereuses. Le jeu, l'envie de paraître, de s'amuser, de s'étourdir, les festins coûteux, le théâtre, les femmes, idéalisés par le livre pervers, préconisés par l'exemple, ont triomphé du goût de l'étude austère qui courbait pendant la moitié de sa vie, l'étudiant d'hier, sur les textes antiques, sans autre horizon qu'une paillote enfumée, où passait quelquefois la rapide vision des arbustes fleuris d'un minuscule jardin.

Ne leur parlez pas de ces studieux qui furent nos maîtres, ni de ceux des nôtres en qui ont survécu la simplicité des mœurs et le robuste bon sens de la race. Ne leur parlez pas surtout des charmes de l'existence campagnarde ; chaque jour davantage, ils font fi de cette terre maternelle qui nous a nourris et nous bercera à notre dernier sommeil. Et alors, comment, dites-moi, ne trouverions-vous pas qu'il n'y eût jamais autant de fous au pays d'Annam ?

Le vieillard eut conscience de s'être trop avancé, car, se resaisissant, il ajouta :

— Peut-être que je ne comprends pas ; tout cela est sans doute pour le mieux, puisque Bouddha le permet.

— Non pas, intervint énergiquement le bonze. Ces extravagances engendrent l'impiété que le Ciel punit toujours lourdement.

CHAPITRE IV

— Pham-Thong, reprit le conteur, a la plus grande hâte d'arriver au terme de son voyage. Mais les plaines succèdent aux montagnes et les montagnes aux plaines sans que se montrent les signes auxquels il doit reconnaître la demeure de Cuc-Hoa. Il croise de nombreux piétons, hommes et femmes du peuple qui vont au marché ou aux champs, portant sur l'épaule les instruments de labour ou le fléau de bambou qui fléchit en scandant la marche, sous le poids des corbeilles; çà et là quelque paysan, plus fortuné, possesseur d'un taureau ou d'un buffle, presse le pas de sa bête en tirant sur la corde accrochée aux naseaux. Des chiens, au poil hirsute et roux, guidés par le relent des digestions matinales, trottinent dans les sentiers et tombent parfois en arrêt devant un quidam accroupi dont ils attendent patiemment le départ. Des palanquins, aux reflets de laque, passent dans un tourbillon de poussière, au « rythme » de leurs robustes porteurs. Toute la vie banale de la Terre, dans le flou dont s'enveloppe le pays des Ombres, se répète incessamment pendant de longues heures sous les regards du roi. Fatigué, et désireux de donner un peu de repos à sa monture, il fait halte à la porte d'un donjon, à la masse sombre, édifié sur le versant d'une colline.

C'est un tribunal et une prison.

— M. le *Tien-Si*, interrogea un vigoureux adolescent à la face réjouie, n'êtes-vous pas surpris de ce que Pham-Thong ne rencontre sur sa route que des objets de tristesse ? N'y aurait-il donc au pays des Ombres que des malheureux pressurés par le fisc ou opprimés par une administration tyrannique ?

— Oh ! toi, répliqua le narrateur, tu ne voudrais voir partout que congaïes accortes et bien troussées, peu farouches aux galopins de ton espèce. Sans doute nos fêtes, nos réjouissances, nos anniversaires existent dans l'Au-Delà, assez fidèle copie de notre Terre. Mais il faut croire que notre héros a d'autres soucis que d'admirer les jeux d'escarpolette ou d'échecs vivants où se complaisent les fils d'Annam en liesse, à moins que par la volonté expresse des Génies désireux d'achever pleinement son éducation de roi, il ait été conduit à son insu dans une voie bordée uniquement de douleurs et de larmes. L'une ou l'autre explication est plausible ; choisissez. Moi je me borne à vous conter la légende.

Sur quoi, le premier du village, s'étant tourné vers le bonze.

— Maître, lui demanda-t-il, nous avons recours à vos lumières pour être éclairés sur ce que le récit laisse dans l'ombre au sujet des attributions de ce tribunal sur le seuil duquel Pham-Phong vient de s'arrêter.

Le moine se leva et s'étant assuré que son étole tenait bien sur son épaule, il se dirigea à travers les rangs de l'assistance, soudain debout, vers une collection de panneaux suspendus aux murs de la pagode. Et sans désemparer, du doigt promené sur l'étoffe, dont les couleurs écaillées laissaient apercevoir par endroits la trame, il entreprit d'indiquer, en les commentant,, les principales scènes ébauchées jadis, il y a de nombreuses décades d'années, par un naïf artiste du pinceau.

— Au dessous du Quan-An, dit-il, de ce personnage que vous voyez ici, et partout, toujours le même, en robe et mortier écarlates, entouré d'éphèbes porteurs de flabelli aux larges plumes blanches, comparaissent les coupables que tiennent enchaînés les exécuteurs des hautes œuvres à têtes d'animaux. Tous les crimes, même lorsqu'ils échappent à la justice des hommes, y sont sévérement réprimés. Ce premier tableau nous montre les homicides et ceux qui usent de brutalité envers les animaux ; ceux qui par exemple, ne plument les volailles qu'après les avoir ébouillantées vivantes ; tous les hommes au cœur dur en un mot, nous les y voyons précipités sur cette butte hérissée de sabres pointus, où ils restent accrochés pantelants pour des souffrances qui doivent durer des millénaires.

— Des millénaires pour un canard échaudé? s'étonna quelqu'un.

— Oui, confirma le bonze, même pour un canard échaudé qui peut être, d'ailleurs, aux termes de la loi, l'un de nos ancêtres réincarnés ; oui, des millénaires de torture, c'est-à-dire des souffrances d'une durée dont la mesure serait un picul de paddy dans lequel tous les cent ans une poule viendrait picorer un grain.

Cette image eut le don de frapper les imaginations. Les personnes d'âge hochaient la tête et du menton se frappaient la poitrine tandis que les enfants, en apparence confondus à la pensée des nombreux petits oiseaux tués par eux à la fronde, se regardaient mutuellement avec de grands yeux moins troublés de remords que pétillants de malice.

Cependant le moine poursuivait.

— Je vous prie de donner toute votre attention à ces *ma qui*, ivres de carnage et tout dégoutants de sang, qui tourmentent avec des fourches dans une chaudière, les juges qualifiés *d'incapables* et les femmes de *mauvaise vie* dont une horde de chiens affamés se disputent les yeux arrachés et les entrailles encore fumantes. C'est le supplice des diffamateurs qui s'offre un peu plus loin à nos regards. Des diables ricanent autour des condamnés qu'ils écrasent, à la cadence d'une joyeuse ritournelle, dans un pilon de riz. Deux virtuoses du poison, là-bas, après avoir subi la peine du bâton sur leur chair que les coups ont scalpée et déchiquetée en lanières, attendent leur tour devant un faussaire, dont le sort va devenir le leur et que deux valets à demi-nus scient avec entrain entre deux planches. Quant au dernier panneau, le mieux conservé de tous, il flétrit les mauvais citoyens dont le crime s'aggrave d'impiété. Des flammes les entourent, qui ne les consument jamais, et ce supplice, le pire de tous peut-être, est décuplé par la perspective de sa durée indéfinie.

Un soupir de soulagement s'échappa de toutes les poitrines lorsque le bonze eut fini. Celui-ci, sans se prévaloir visiblement de son succès, revint à sa place, et s'y accroupit en joignant les manis élevées à la hauteur du menton.

Dès lors, le *Tien-Si* n'avait qu'à continuer sa narration, ce qu'il fit non sans avoir adressé un laï de remerciement au moine.

— Le temps a accompli son œuvre de ruines ici même, remarqua-t-il, et c'est en détruisant les tableaux qui manquent à cette précieuse collection. Nous y perdons les savoureux commentaires dont maître Bonze aurait accompagné leur exhibition. Tâchons d'y suppléer en pénétrant avec Pham-Thong dans le domaine de l'homme considérable qui vient de l'accueillir et dont la fonction est d'assurer, contre les délinquants, contre tous les délinquants, l'exécution des justes sentences.

Aux clameurs violentes qui s'élèvent de toutes parts, le roi devina de suite avec quelle rigueur il y procède ; il lui en manifeste son étonnement en même temps que son désir d'avoir quelques éclaircissements sur sa manière d'opérer.

— Il est de mon rôle, convient le préposé aux sinistres guichets, de n'avoir aucune pitié. Je ne connais que ma consigne et elle est formelle. Vous me trouvez trop dur ! prenez-vous en au juge qui a condamné ; moi je ne suis que le bras qui obéit. Je n'ai pas d'autre principe pour me guider, ce qui revient à dire qu'ici rien n'est abandonné au hasard, encore moins aux fantaisies du caprice. Les modalités des peines sont strictement prévues comme les peines elles-mêmes et leur durée. Vous savez que toute faute comporte sa part de jouissance, sans quoi elle ne serait jamais commise ; c'est donc en exagérant cette jouissance jusqu'à l'extrême douleur ou en infligeant la douleur contraire que le châtiment intervient. En voici un exemple immédiat qui m'aidera à m'expliquer. Nous avons, devant nous, deux coupables convaincus du crime de gourmandise. L'un, placé deux fois par jour devant une table copieusement servie de mets exquis, n'y peut prendre à sa suffisance parce que sa bouche a été réduite aux dimensions d'un œil de pigeon. L'autre, grand buveur, et grand mangeur en reçoit par contre plus qu'à sa satiété, puisque ceux qui lui ingurgitent de la boisson et des aliments ne lui laissent pas un instant de répit.

Ils virent ensuite une forme hâve et décharnée, continuellement près d'expirer et sans cesse renaissante, dont une goule, insatiable de voluptés, exprimait la substance jusqu'aux dernières sources de la vie. Le patient hurlait sa souffrance dans les mêmes spasmes où d'autres clament l'ivresse de leurs sens. Pham-Thong reconnut son ancien compagnon d'école et passa. Des suppôts d'invétérée paresse gisaient, pieds et poings liés, sur le sol, incapables de tout mouvement et de tout travail des membres, et leur oisiveté forcée offrait un piquant contraste avec le supplice de certains de leurs pareils, enchaînés à une meule et contraints de tourner éternellement avec elle, car elle ne s'arrêtait pas.

Le roi et son hôte se trouvèrent en présence d'un couple, fortement enlacé et dont l'étreinte ne pouvait se desserrer. C'était Tao-Thi et le boy, son amant, auxquels le Ciel avait imposé pour des siècles, cette attitude conforme à leur mutuelle inclination. La pénitence leur avait paru douce pendant les premières heures ; elle ne tarda pas à les affecter durement, et maintenant, ils clamaient leur douleur, se rejetant réciproquement la responsabilité de l'adultère; ils suppliaient qu'on les séparât. Profondément bon, le roi se laissa attendrir, pardonna et fit grâce. A peine les deux coupables furent-ils délivrés de leurs liens, que Tao-Thi se tournant vers son ancien mari, lui lança cette parole de mépris : « Imbécile » et prenant le boy par la main, elle l'entraîna, fière et claquant du talon, autant qu'une ombre peut le faire. Le Directeur de la Prison était indigné:

— Je vous ai obéi, déclara-t-il, car vous avez tout pouvoir dans ces demeures souterraines. Mais, voyez à quoi conduit trop de magnanimité. La peine n'a pas seulement pour but de châtier ; elle tend encore à amender le criminel, et vous venez de constater que le temps d'épreuve, jugé peut être suffisant sur terre, ne saurait l'être ici. Il est beaucoup plus difficile de redresser l'arbre, une fois tombé. Pour briser les volontés que la mort a surprises et confirmées dans leur iniquité, des siècles d'expiation sont souvent nécessaires. Ici, le repentir n'entre que tardivement dans les cœurs.

— Aussi bien compléta le bonze, le grand Çakya Mouni nous a-t-il enseigné qu'il nous est impossible d'accéder au Nirvana qu'à la suite d'une série de réincarnations dont la durée dépasse toute humaine conception. L'œuvre d'amendement qui doit nous épurer entièrement, est de très longue haleine.

*
* *

Evidemment Çakya Mouni n'a pas tout prévu et il ne pouvait prévoir que l'imagination orientale, après avoir entouré sa vie d'invraisemblables légendes, se donnerait libre cours sur les mystères de l'Au-Delà. Les auditeurs du *Tiên-Si*, auxquels de pareilles contradictions sont familières, n'ont pas été choqués d'apprendre qu'au pays des Ombres où d'épouvantables supplices guérissent par la violence les volontés rebelles, il reste encore, après cela, des voleurs, des bandits, et des fonctionnaires indignes. La suite des aventures de Pham-Thong ne saurait les choquer davantage, et c'est pourquoi le vieillard à la mître, sûr de les intéresser tout de même, poursuit consciencieusement son récit.

— Maintenant, dit-il, écoutez la princesse Thi-Sen ; c'est elle qui parle. A mesure qu'ils se déroulent dans la glace qu'elle n'a pas quittée des yeux, elle relate les faits et gestes de Pham-Thong.

En ce moment, énonce-t-elle, il gravit une côte au sommet de laquelle s'élève un palais, où des diables rouges, le front armé d'une paire de cornes guettent sa venue. Une voix l'appelle, qui rappelle celle de Cuc-Hoa, et tandis qu'il achève d'attacher son cheval à côté de la porte, celle-ci s'ouvre et livre passage à la copie vivante de la première femme de Pham-Thong. Cependant il hésite à se jeter dans ses bras. Sa bête hennit bruyamment, tire sur sa bride, et creuse avec fureur le sol de son sabot, et lui, troublé par ces manifestations insolites, ne suit qu'avec défiance le fantôme qui a bien la ressemblance de Cuc-Hoa sans pourtant lui en procurer complètement l'illusion. Il a cru remarquer, sous la paupière, une flamme mauvaise que la mère de ses enfants n'avait pas, et le lieu où il pénètre n'est pas de ceux qu'elle avait l'habitude de fréquenter. On y joue, on y chante et les mandarins qui s'y réunissent se sont tout récemment fournis des filles en cueillant, dans un sampan, quelques jolies paysannes assez imprudentes pour s'égayer de folles romances sur un arroyo peuplé de malins esprits. C'est ce que le sosie de Cuc-Hoa raconte à Pham-Thong avec une belle insouciance, et leur vieil amour aidant, celui-ci faiblit déjà devant la séduction, tout disposé qu'il est à ajouter foi aux paroles de l'imposteur. Cependant, il désire une épreuve et lui pose à cet effet des questions précises sur leurs dates de naissance et de mariage. La fausse Cuc-Hoa répond en se trompant d'un jour, erreur qu'elle met adroitement sur le compte de son esprit troublé.

Le roi est donc convaincu, et il accepte l'invitation que son hôte lui offre espérant qu'il réussira à le griser et à le tenir par là définitivement en sa possession. Les mets sont servis ; il y aura grande réjouissance. Des échansons versent à boire un alcool qui est un nectar et dont le fumet monte agréablement aux narines du voyageur.

Alors, on entend par les couloirs sonores les éclats d'un retentissant vacarme qui semble rappeler Pham-Thong à la réalité. C'est son cheval qui vient de se détacher et frappe, à coups redoublés de son sabot contre la porte. Cuc-Hoa reproche de son côté à son mari le peu d'empressement qu'il lui témoigne, et lui, sa coupe pleine, consent à la vider, après qu'elle aura bu à la sienne. Ah ! le malheureux ! il va se perdre et tomber dans le piège qui lui est tendu. Hâtez-vous, bonzes ; tirons-le de ce mauvais pas.

— Dociles aux ordres de la jeune fille, les prêtres libellent sur l'heure une requête que le feu porte aussitôt à Bouddha, et Bouddha s'empresse de dépêcher au secours de Pham-Thong, un Génie de sa droite, le puissant Tê-Thien-Dai-Thanh.

— Notre prière a été entendue, annonce joyeusement la jeune fille. Une mouche vient de choir dans la coupe de la fausse Cuc-Hoa qui en absorbe tout le contenu sans aucune méfiance. Pham-Thong, prêt à l'imiter, n'en a pas eu le temps. Son hôte, dont un feu mystérieux dévore les entrailles, pousse des imprécations farouches et se roule sur le sol en proie à d'invincibles tortures. A sa demande, on lui ouvre le ventre ; Tê-Thien-Dai-Thanh lui monte au cerveau. On enduit d'huite et de graisse la tête de l'imposteur, mais elle résiste à l'action de la flamme. Terrassée enfin et sous la menace, la fausse Cuc-Hoa révèle sa véritable identité, qui est celle du chef des diables rouges, et la liberté est rendue à Pham-Thong.

— L'instinct des animaux, remarque un paysan, qui a dû faire de nombreuses observations sur son buffle, cet instinct est souvent plus sûr dans ses indications empiriques que toutes les déductions compliquées de notre raison.

— Cela est l'évidence même, surenchérit un autre paysan. J'ai un chien qui ne manque pas de mordre toute personne qu'il soupçonne de m'être hostile et le plus curieux c'est qu'il ne se trompe jamais de mollet. Dès lors, rien d'étonnant à ce que le cheval de Pham-Thong se soit montré plus perspicace que son maître.

— Qui a prétendu le contraire ? riposte le Tien Si, ennemi des conversations oiseuses. Les bêtes ont sur nous l'avantage de ne pas discuter leurs impressions, et l'expérience nous apprend tous les jours que les impressions éprouvées au contact de certains individus sont rarement mensongères. Malheureusement, nos passions nous empêchent souvent de les écouter.

— Et vous pouvez ajouter, acheva le bonze, que la passion de l'amour est un bandeau opaque sur nos yeux. Il est, dans la vie des hommes, même supérieurs comme notre héros, la cause de bien des aveuglements. Aussi Bouddha, sans en interdire les joies à ses croyants, leur recommande-t-il de ne s'y livrer qu'avec beaucoup de modération.

* * *

— La délivrance de Pham-Thong, continue le conteur, a dissipé les appréhensions de l'Empereur. Il suit, avec beaucoup plus de sérénité, les explications de sa fille.

— Pham-Thong, indique-t-elle, se trouve sur les bords d'un fleuve très large, qui forme de ses replis une immense ceinture à la résidence de Cuc-Hoa qu'on aperçoit dans le lointain. Mais pour le passer, il n'y a qu'un pont de papier qui s'abaisse et se soulève au souffle de la brise ; c'est un chemin trop fragile pour que le voyageur songe à s'y engager. Il ne saurait franchir l'obstacle à la nage, le courant en cet endroit est très violent, et d'ailleurs une légion de reptiles immondes en défendent l'approche. Il y a des serpents gigantesques, des crapauds monstrueux, des grenouilles aux proportions effrayantes qui, accourus sur la berge, dardent dans la direction du roi des yeux menaçants.

— Pardon, une remarque! fait un jeune notable. Ne trouvez-vous pas que ce fleuve est symbolique ? Quiconque détient une parcelle d'autorité s'associe presque toujours une nuée de parasites dont la fonction est de l'isoler à leur profit, S'agit-il d'un modeste chef de canton ? Avant d'arriver jusqu'à lui, il faut d'abord acheter les faveurs de ses familiers et de ses domestiques. Déjà un huyên est d'accès plus difficile. La poterne est gardée par des linh-co, engeance avide qui ne se dérange pas pour rien. On doit en dire autant des linh-lê ; ils vous répondent que leur maître est absent ou ne vous recevra pas. Puis viennent les lai-muc et la sequelle des scribes, à leur tour non moins cupides et qui excellent à trainer les affaires en longueur à seule fin de lasser votre patience et forcer votre générosité. Au yamen du tuan-phu ou de l'an-sat, ces inconvénients se représentent et sont accrus par le nombre plus grand de subalternes en service. Quant aux fonctionnaires européens autant renoncer à les voir. Leur ignorance de nos mœurs et de notre langue rend tout puissants auprès d'eux leurs employés ou leur cô ; c'est le règne de la valetaille. En sorte que partant du fond du fossé parfois profond qui nous sépare de nos maîtres, nous rencontrons, entre eux et nous, les mêmes grenouilles qui s'enflent de leur importance, les mêmes crapauds qui mènent un étourdissant vacarme et les mêmes reptiles qui, dans ce temps où ils rampent sous les pas des puissants, dressent avec fureur contre nous la menace de leurs crocs chargés de venin.

Cette facétie, qui flattait la tournure d'esprit caustique des assistants, obtint le plus vif succès. Malgré sa gravité, le Tien-Si dut prendre part à l'hilarité générale.

— Qu'auriez-vous décidé à la place de Pham-Thong ? demanda-t-il à l'interrupteur.

Sans la moindre hésitation et avec le plus grand sérieux, celui-ci répartit.

— J'aurais jeté des hameçons à toutes ces bêtes malfaisantes afin de m'en débarrasser en les pêchant à la ligne.

— Allons, reprit le vieillard, bien que notable vous ne serez jamais sérieux. La princesse Thi-Sen nous apprend que le roi est devenu de plus en plus perplexe.

— Ayant aperçu dit-elle, un sampan qui voguait à quelques perches en amont du pont, il le hèle, et jette une pièce de monnaie au pêcheur qui le monte pour le transporter sur l'autre bord. Mais le cheval qui, depuis un instant, trépigne d'impatience refuse d'entrer dans l'embarcation et ramène son cavalier sur la route. Alors, celui-ci qui veut le pousser de force vers le bord, voit le passeur se changer sous ses yeux en un puissant naja dont la gueule gonflée par la colère articule, en sifflant, des paroles de haine.

— Vil représentant d'une espèce qui est la honte de l'univers... profère-t-il.

Des protestations s'élevèrent.

— Voilà-t-il pas le serpent qui maintenant nous injurie !

— Prenez exemple là dessus vous tous qui avez si souvent l'outrage aux lèvres, énonça sentencieusement le vieillard. Il n'y a guère que l'excrément et la boue qui salissent.

— Le naja exhale donc toute sa fureur, poursuit la princesse, et il apprend à Pham-Thong qu'il le destinait à servir de pâture aux reptiles dont il est le souverain. En présence d'une situation sans issue dont il désespère de sortir par ses propres moyens, le roi invoque le nom de Cuc-Hoa et l'appelle à son aide. Aussitôt comme par enchantement, les animaux malfaisants s'évanouissent et le pont de papier ayant acquis soudain la rigidité de la brique, sans attendre l'ordre de son maître, le cheval s'y élance au galop et parvient aussi rapide que l'éclair sur l'autre rive. Là un panorama merveilleux s'offre à la vue du voyageur. Un arbres en fleurs, plisse sous le souffle des zéphyrs, ses eaux tranquilles que peuple une colonie innombrable de lotus. Dans le lointain de frais bosquets tamisent les rayons ardents du soleil et répandent sur les transparences de l'azur la note sombre de leur verdure. De ce décor, une cité surgit, disséminant la blancheur de ses maisons, de ses palais, de sa citadelle, et d'où monte dans le ciel une rumeur confuse de mouvement et de vie. La conviction de Pham-Thong est qu'il approche du terme de son voyage. Etant descendu de cheval, il s'étend à l'ombre d'un santal pour y prendre un peu de repos. Il ne veut pas se présenter devant Cuc-Hoa avec un visage exténué par la fatigue. Et c'est pourquoi, son sommeil terminé, il s'empresse après s'être dépouillé de ses vêtements, de se tremper dans l'onde dont le contact lui semble une caresse et le réconforte en le baignant de ses parfums.

— Il est en effet, de tradition chez nous, ajoute le *Tien-Si*, que les actes les plus solennels de notre vie doivent être précédés du rite qui purifie les corps. Nos défunts ne descendent dans la terre qu'après que nous avons lavé leur cadavre, et nous lavons encore leurs os quand les temps étant révolus, nous les exhumons pour les placer dans les petits cercueils de poterie, à l'abri des souillures.

— Et c'est pour cela sans doute, complète le bonze, que Bouddha a multiplié sur notre terre le nombre des fleuves, des canaux et des mares, en telle abondance que le plus pauvre de nous trouve partout à sa disposition l'eau nécessaire à la cuisson de son riz et à ses ablutions.

CHAPITRE V

— Racontez-nous donc, maître bonze, fit le *Tien-Si*, ce que vous savez de la tentation de Bouddha.

— Quel rapport a-t-elle avec l'histoire de Pham-Thong ?

— Allez toujours, nous verrons bien. Du reste, cela me reposera.

— Dans ce cas, convint l'obligeant moine, je raconterai deux fois plutôt qu'une. Ce jour là, Çakya Mouni était assis sous un grand arbre. Ayant parcouru entièrement le cycle de ses méditations, il décida de provoquer le roi des Enfers pour terrasser dans sa personne toutes les puissances des ténèbres. De son côté, ce dernier eût un rêve et dans ce rêve il assista à l'écroulement de son œuvre. Ses palais en flammes brûlaient dans un tourbillon de fumée ; son diadème gisait à terre piétiné et brisé ; ses soldats avaient pris la fuite et tous ceux dont il se croyait aimé, reconnaissant la supériorité de Bouddha, se prosternaient devant lui le front dans la poussière. Troublé, à son réveil, il expose ses craintes à son fils qui lui conseille de ne pas engager la lutte, mais trop fier dans son orgueil pour se reconnaître vaincu d'avance, il décide de relever le défi de Çakya Mouni. Armées de solides cuirasses, et de haches et de javelots et de formidables épées, les cohortes de la terrible divinité s'ébranlent et vomissent des monstres, à face bestiale, dont la langue est un dard, les dents des défenses, et les yeux un feu de forge. Leurs traits obscurcissent le soleil; pourtant aucun d'eux n'atteint Bouddha qui les regarde avec beaucoup de calme tomber à ses pieds où ils se transforment en roses et en fleurs de lotus.

Incapable de triompher par la force, le roi des Enfers dont les légions se sont dispersées, a recours aux charmes de ses filles. Elles se présentent à Çakya Mouni, le visage à demi voilé, et les seins complètement nus, érigeant leurs rondeurs fermes qu'anime un « rythme » voluptueux. De leurs lèvres empourprées de carmin s'envolent des sourires qui sont des promesses. Elles lèvent leurs beaux bras blancs découvrant à dessein le nid mystérieux des aisselles, et sous la gaze transparente, les jambes nerveuses exécutent des poses lascives. Les croupes ondulant frémissent, s'inclinent et se relèvent ; les pieds menus, les mains fines, les têtes gracieuses se meuvent en des gestes harmonieux, d'où se dégage la caresse des formes. Les superbes impudiques mettent tout leur art en œuvre pour amollir le cœur et dompter les sens de Çakya Mouni.

— Il va bien le crâne tondu, remarqua un jeune écolier que ce récit avait le don de choquer. Il nous parle des femmes, en homme qui aurait l'habitude de les déshabiller.

Bien qu'exprimée à voix basse, l'interruption fut perçue du *Tien-Si*, dont les oreilles, soigneusement tenues en forme par le barbier du village avaient conservé toute leur finesse. Il s'empressa de tancer vertement le fâcheux.

— Ne soyez pas si prompt à vous scandaliser, fit-il, vous, là-bas, le censeur à la morale ombrageuse. Ce que nous écoutons tous en ce moment avec une piété déférente, maître bonze ne le tire pas de son propre cru, mais d'un poème religieux que vous connaîtriez si vous n'étiez probablement un ignorant. Moine, continuez, conclut le vieillard à la mître. Vos paroles nous édifient.

Le religieux qui avait, durant ce colloque, placé son éventail en forme d'écran devant ses yeux, poursuivit sa narration tandis qu'un léger frisson de pudeur rosissait la partie apparente de son crâne luisant comme un saphir enduit de laque.

— Tantôt, affolées, elles bondissent sous la morsure du désir, agitant leur belle chevelure dénouée et s'effondrent dans un spasme passionnel qui tord leurs membres brûlants ; tantôt, suppliantes, elles tendent leurs bras parfumés vers Bouddha et lui jettent des fleurs ; tantôt, déchirant leurs voiles, elles se campent devant lui et lui vantent de leur voix enchanteresse, la douceur des plaisirs que cet homme de glace dédaigne.

— La saison du renouveau est venue, disent-elles, et les arbres ont revêtu leur parure. C'est le temps des amours.

— Tu es beau, ton corps est gracieux et nous sommes modelées pour la volupté. En nous, tout appelle les baisers. Nos fronts délicats, nos yeux brûlant de passion, nos lèvres plus fraîches que la fleur du nénuphar, nos seins élevés en forme de coupe arrondie, la courbe onduleuse de nos flancs, tout dans notre chair vibre et frissonne. Nous sommes des lyres dont tu peux être le divin archet qui en tirera de célestes mélodies. Ne refuse pas le bonheur qui passe ; nous te donnerons l'ivresse, accepte-la.

— Non, leur répond Çakya Mouni ; vos désirs sont des semences de douleurs et qui veut les satisfaire, semblable à un homme assez insensé pour s'abreuver d'eau salée, n'est jamais rassasié. Et que sont les charmes dont vous tirez vanité et par l'appât desquels, vous tentez de me séduire ? Un amas de pourriture, un mélange ignominieux de chair et de sang qui se décompose à toute heure. Votre beauté est illusoire et les satisfactions qu'elle promet ne sauraient être de longue durée.

Vaincues, les filles de l'Enfer rendirent hommage au Bouddha tandis qu'une voix dans les hauteurs du Ciel proclamait ses mérites éminents.

— Honneur à toi qui brilles comme un diamant dans la nuit ; tu es bien l'élu envoyé pour montrer aux hommes les voies de la divine morale et de la vérité.

— Maître bonze, vous m'avez demandé tout à l'heure, intervint le *Tien-Si*, quel rapport pouvait exister entre la tentation de Çakya Mouni et notre héros ? Le voici. A peine sorti du bois, Pham-Thong est assailli par une troupe de naïades provocantes qui s'exhibent à lui dans le plus simple appareil. Elles lui crient :

— Venez avec nous, prendre part à nos amoureux ébats. Le ruisseau des jours coule sans trêve. Jouissez de votre printemps, car il va finir et la vieillesse est là qui vous guette.

Mais le roi s'est promis de n'avoir aucun différend avec les habitants des régions qu'il traverse, et plutôt que de dire ce qu'il pense de tant de hardiesse, il préfère garder le silence. Piquées, elles l'accablent d'insultes et dans des termes dignes des irrascibles commères qui emplissent nos marchés de leur vocabulaire ordurier. Faut-il que je m'attarde à répéter toute la série des insanités que les femmes de l'Annam se transmettent de la sorte depuis les générations les plus anciennes et que nos enfants bégayent déjà au berceau ? Celles-ci, pour être citoyennes du pays des

Ombres, n'ont rien oublié et elles savent joindre le geste à la parole. Comme elles n'ont pas de jupe, elles se contentent d'en relever d'une main les pans imaginaires en s'appliquant de l'autre sur le ventre des tapes retentissantes. Le roi, écœuré, leur tourne le dos et continue son chemin.

— C'est ce qu'il avait de mieux à faire, observe un paysan connu pour ses excès de débonnaireté à l égard de son acariâtre épouse.

— Oh ! vous, cette attitude vous plaît, lui fut-il répliqué. Quand vous courbez l'échine, votre femme n'en crie que plus fort. Croyez qu'il vaudrait mieux prendre un rotin : il n'y aura que le rotin pour la guérir de ses crises de nerfs.

*
* *

— Non contentes de leur exploit, reprit le conteur, les Naïades étaient allées trouver leur chef à seule fin de porter plainte contre le voyageur.

— Il a voulu me violenter, dit l'une.

L'autre avait reçu sur la nuque une pierre heureusement amortie par le flot de la chevelure.

A celle-ci, il avait montré son thyrse ; à celle-là, adressé des paroles obscènes. Toutes alléguaient un grief et chargeaient Pham-Thong avec une féroce inconscience. Il suffit, je le sais, que le soupçon effleure quelqu'un pour qu'aussitôt tout le monde s'empresse de l'accuser. Chacun a vu, entendu ; on affirme, certifie, on jure, dans l'espoir de nuire, de paraître meilleur qu'on n'est en accablant un coupable, de retirer un profit illicite d'une mauvaise action, et cela est bien humain, mais surtout conforme à notre malveillance et à notre lâcheté natives. Les femmes, dont l'attribut est la bonté, devraient cependant être exemptes de ce travers ; il n'en est malheureusement pas ainsi et l'aventure du mari de Cuc-Hoa nous en fournit la preuve.

La partie féminine de l'assistance se taisait, soit qu'elle convint de la justesse de ces constatations, soit qu'elle ne jugeât pas à propos de formuler des réserves. Toutefois, la concubine du ly-truong qui s'était sentie particulièrement visée à cause de ses faux rapports dont plusieurs de ses concitoyens avaient pâti, crut devoir hasarder une observation.

— Et qui vous garantit, insinua-t-elle, que les Naïades n'ont pas été molestées par Pham-Thong ?

L'exemple était donné, il fut suivi. Les interpellations se croisèrent.

— Car enfin, elles ont pu l'être ; cela n'aurait rien d'invraisemblable.

— Ou bien, elles ont cru l'être ; tout le monde est capable de se tromper.

— En prétendant l'avoir été, elles n'erraient qu'à demi, car les intentions du roi ne nous sont pas connues, et il n'est pas téméraire de penser qu'elles n'étaient pas très droites.

En un mot, toute la solidarité du sexe se révélait ainsi que la subtilité de son esprit. Le *Tien-Si* avait écouté, laissant à chaque opinion la possibilité de s'exprimer. Quand ce fut termine, il résuma les avis.

— En somme, mes sœurs aînées, vous et moi, depuis un moment, nous nous répétons. Ce que j'ai dit, vous l'avez confirmé et je n'ai pas dit autre chose. Les Naïades ont menti, voïlà le fait, car il faut prendre le récit tel que je vous le raconte et je vous le raconte tel qu'il est. Dès lors il ne s'agit pas de savoir ce que Pham-Thong aurait pu ou voulu, mais ce qu'il y a de réel dans sa conduite et sa conduite est à l'abri de toute critique. Supposons que ses accusatrices aient préjugé de ses desseins ou qu'elles aient été abusées par des apparences, ce qui est improbable, elles ont eu tort d'être affirmatives et si elles échappent au reproche de s'être déterminées de mauvaise foi, elles encourent celui d'avoir agi avec beaucoup de légèreté et sous l'empire de la passion. Ce qui vous conduit d'ordinaire, sœurs ainées, c'est précisément cela, la passion. Vous ne voyez pas les choses comme elles sont, mais comme vous désireriez qu'elles fussent et à cet égard, combien parmi vos maris et vos fils vous ressemblent! Vous souffrez d'une déformation des sens qui violente les objets et leur impose de force l'aspect sous lequel vous les avez conçus avant de les voir. Ainsi j'ai eu pendant quelque temps au nombre de mes servantes une jeune fille qui apercevait des *ma qui* partout. Je ne nie pas l'existence des esprits ni leurs manifestations ; de là cependant à les rencontrer en tous lieux et à toute heure, il y a une marge. Un soir qu'elle venait de rentrer à la maison, folle d'épouvante et se prétendant poursuivie, je sortis avec elle et l'invitai à me montrer la cause de sa frayeur, Elle me désigna une masse sombre où elle distinguait un diable cornu. C'était une touffe d'hibiscus, dont quelques branches, plus hautes que les autres se balançaient à la brise de la nuit. Elle dût se rendre à l'évidence avec l'arrière pensée peut-être que le *ma* lui avait joué le mauvais tour de se transformer en arbuste. Il nous arrive, dans le courant de l'existence, de procéder exactement de même. Le fantôme que nous avons en nous, et que les préfugés, la malveillance, la passion y ont fait naître, nous le transposons d'office, avec ses couleurs, sa silhouette, son attitude, ses qualités et ses défauts, sur l'objet que nous devrions voir à sa place et que l'obsession du fantôme nous empêche de voir.

Je me suis un peu longuement étendu sur ces vérités, parce que nous avons la réputation de mentir et qu'elle nous suivra dans les générations futures à moins que nous nous décidions à réagir. Gardons-nous de supposer, d'interpréter, d'imaginer; contentons-nous de voir, de toucher, de sentir et de traduire fidèlement ce que nous avons touché, senti ou vu, et rien que cela. Ne disons pas: cela a dû être, cela a pu être, mais: cela a été, cela est ou n'est pas et n'a jamais été. Faute de s'être inspirées de ces règles de sincérité, les Naïades ont créé à Pham-Thong une situation des plus périlleuses qui risque de se dénouer tragiquement. Il a été arrêté par ordre de leur chef, un vénérable vieillard, à barbe chenue, dont les jugements sont impitoyables. Le roi a beau protester de son innocence ; il a contre lui le nombre des témoins et sa qualité d'étranger. Il est condamné et sa peine consistera à ne plus retourner sur la terre des Vivants, sans espoir par ailleurs d'être enfin réuni à Cuc-Hoa dans le pays des Ombres.

Le dénouement imprévu consterne Thi-Sen et son père qui joignent leurs prières à celles de tous les amis de Pham-Thong pour que l'abbé du monastère intervienne une fois de plus en sa faveur auprès des puissances d'En-Haut.

*
* *

— En attendant, reprit le *Tiên-Si*, que celles-ci daignent se rendre à d'aussi ardentes invocations, je me garderai des considérations extrêmement désobligeantes qui ont ordinairement cours au sujet de nos magistrats. Ils sont ce que le peuple les fait et leurs sentences s'inspirent avant tout de ses usages et coutumes. Mieux vaut nous apitoyer sur le misérable sort de Pham-Thong qui, malgré tout son génie, n'a pu réussir à triompher de la calomnie et du faux témoignage. Cependant il vient d'évoquer sa cause devant une juridiction d'appel. Hélas, à quoi cela lui servira-t-il, sinon à provoquer la confirmation par des juges de bonne foi mais faillibles, d'une sentence inique ?

Qu'y a-t-il, en effet, de plus difficile à établir que l'inanité de certaines accusations lorsqu'elles sont formulées unanimement par un concert de voix mensongères? Seule, la preuve matérielle parviendrait à les combattre victorieusement à la condition de pouvoir être administrée, ce qui est irréalisable le plus souvent comme lorsqu'il s'agit d'établir qu'on n'a pas à se reprocher tels gestes, paroles ou tentatives dont la caractéristique est essentiellement de ne laisser aucune trace ? Le Ciel ne se rend pas chaque fois à l'appel des malheureux qui l'invoquent. Il laisse l'iniquité se consommer car elle est aussi nécessaire à l'harmonie du Monde que le sont les cataclysmes homicides au bon fonctionnement de l'Univers.

Heureusement, il est des exceptions éclatantes ; il importe que l'erreur soit redressée parfois. Pham-Thong va en faire l'expérience. Obéissant à une pensée audacieuse, qui lui a été suggérée par les Génies sans doute, il a convoqué à la barre du prétoire, non pas son cheval qui, dans le désarroi, a disparu, mais les galets et les pierres de la rive et l'eau miroitante du lac, c'est-à-dire les seuls êtres qui aient pu garder, intactes et fidèles, les empreintes des pas, des voix, des attitudes, indices irrécusables s'il en est. Et la merveille s'accomplit. Dociles, tous ces témoins imprévus se mettent en route, comparaissent et confondent les Naïades, finalement contraintes de rendre hommage à l'éclatante vérité. En sorte que le roi est acquitté. Quant à ses accusatrices, elles sont, en punition de leur déloyauté, frappées de décrépitude. Du moins, cette vieillesse précoce aura-t-elle pour résultat de calmer leurs excitations maladives.

A cet endroit du récit, de nombreuses voix s'élevèrent pour manifester hautement leur approbation. L'une d'elles exprima en ces termes, l'opinion unanime.

— Cet arrêt, articula-t-il, satisfait doublement notre sens de la Justice. Il réclame, dans certains cas, non seulement la proclamation de l'innocence de l'accusé mais encore la flétrissure publique de l'accusateur. Et sur ce point, notre conception de l'équité, par ailleurs si imparfaite, témoigne d'une supériorité marquée sur celle de nos dominateurs, toujours trop tendres pour le dénonciateur. Ils le ménagent à l'excès en sa qualité d'auxiliaire du magistrat, à l'intangibilité duquel il semble participer dans une certaine mesure.

Ce fut le mot de la fin, le *Tiên-Si* n'ayant pas jugé à propos de répliquer.

— Le retentissement de ce procès, nota-t-il en reprenant son récit, n'avait pas tardé à colporter le nom du roi dans la cité souterraine. Il parvint de la sorte aux oreilles de Cuc-Hoa. Celle-ci y exerçait le souverain commandement et ses ordres furent immédiatement obéis, lorsqu'elle prescrivit qu'on lui amenât l'étranger. Je ne vous dirai pas ce que fut la rencontre des deux époux qui n'avaient cessé de s'aimer d'une tendresse plus forte que la mort. La princesse Thi-Sen en assistant devant son miroir à cette scène attendrissante, avait pâli davantage, souffrant intérieurement dans son amour méconnu, mais heureuse cependant de la joie de ses deux amis.

— Cuc-Hoa, dit-elle, a obtenu du Ciel la permission de retourner sur terre pour les quarante ans de vie qui restent encore à Pham-Thong. On lui prépare en ce moment l'alliage des neufs éléments, dans lequel elle s'insinuera pour revêtir une enveloppe mortelle. On dispose les équipages qui doivent en même temps que son mari, les transporter jusqu'à nous par les mêmes chemins qu'il a suivis à l'aller. Au nombre et à la vigueur des chevaux, j'augure que leur arrivée ne tardera guère. Redoublez de prières, bonzes, pour que ce voyage s'effectue sans encombre. Qu'on aille chercher Phuc et Tinh ; je désire qu'ils participent à notre joie.

CHAPITRE VI

Le *Tien-Si* approcha de ses lèvres le tuyau recourbé et noueux de sa pipe à eau, aspira lentement la fumée qui montait dans un glougloutement sec et, sa bouche grande ouverte ayant libéré les lourds volutes aux senteurs âcres, il conclut.

— Quand on ouvrit le cercueil de Pham-Thong, on y trouva deux corps, le sien et celui de Cuc-Hoa. Les bonzes redoublèrent leurs prières, les gongs résonnèrent avec furie, et la vie apparut sur les deux visages débarrassés de leur masque de pâleur. On déroula les bandelettes dans lesquelles le roi était emprisonné, et comme quelqu'un qui se réveille d'un long sommeil, il prononça des paroles inintelligibles, regarda autour de lui et sembla se souvenir. Il se leva, prit la main de Cuc-Hoa pour l'aider à se mettre sur son séant, puis s'avançant tous deux vers l'Empereur, ils se prosternèrent. Le monarque, tant était vive son émotion, fut incapable de traduire décemment les sentiments qui l'agitaient et plutôt que de balbutier des mots sans suite, il préféra se taire. Thi-Sen qui, seule, avait conservé toute sa présence d'esprit, conduisit vers leur mère Phuc et Tinh qu'on avait amenés. Après les premiers transports qui ne manquèrent pas d'accompagner la rencontre des enfants et de Cuc-Hoa celle-ci songea à son amie et voulut lui témoigner combien était profonde sa gratitude.

Mon vœu le plus cher en quittant cette terre, dit-elle, était de vous voir prendre ma place auprès de mon mari et de mes enfants. Le destin cruel ne voulut pas que cette joie vous fut accordée. Il m'était réservé de réparer les injustices du sort. Je vous donne à Pham-Thong comme je me suis donnée moi-même à lui, non pas en qualité d'épouse de second rang, mais pour que vous deveniez mon égale. Phuc et Tinh auront deux mères et l'affection qu'ils vous témoignent m'est un garant qu'ils souscriront à mon choix. Pour moi, je retrouverai en vous une sœur alors que je n'avais qu'une amie.

Et pour donner un sens immédiat à sa proposition, elle s'empara de la main de la princesse rougissante et la plaça dans celle du roi.

L'Empereur ne put que ratifier une décision aussi sage, il rendit une ordonnance qui autorisait son second à avoir deux femmes de premier rang et conférait à Thi-Sen toutes les prérogatives de sa nouvelle condition. Un somptueux festin fêta au palais et les noces de Thi-Sen et l'heureux retour sur terre de Cuc-Hoa et de Pham-Thong. Que devinrent tous ces personnages par la suite? Le monarque étant mort peu de temps après, le roi lui succéda et fut remplacé à son tour par Phuc son fils. Tinh épousa le souverain d'un royaume voisin et devint reine. Cuc-Hao, Thi-Sen et leur mari vécurent heureux de longs jours, pendant lesquels l'Annam fut une des nations les plus prospères de l'Extrême-Orient. Et n'en soyons pas surpris. Tous nos héros avaient, par beaucoup de souffrances, acquis le droit à un peu de bonheur. D'ailleurs, le vrai père de Pham-Thong, ainsi que les deux vieux bûcherons promus, du fait de leurs vertus, à un rang élevé dans la hiérarchie céleste, veillaient sur lui. Ainsi se prolongeait dans le temps, l'effet vraiment miraculeux de l'aumône faite par de pauvres indigents aux pagodes. Leur geste infiniment agréable à Bouddha avait attiré les divines bénédictions, non pas seulement sur eux et leur famille, mais sur tous leurs frères de race et sur l'Empire tout entier.

***

Le crépuscule était venu. La rizière s'enfermait dans son linceul de brumes. La pagode se vida rapidement et par les sentiers où les enfants se poursuivaient en poussant des clameurs aiguës, les matrones endimanchées, chaloupaient gravement de leur torse lourd sur leurs jambes massives. Les jeunes filles, encadrées entre elles et les hommes d'âge, lançaient dans un envol de rires perçants, des lazzis aux garçons qui, relégués en tête ou en queue des groupes, leur chantaient des romances. Le *Tien-Si* avait tenu à fermer la marche. A petits pas menus, sa haute et maigre silhouette avançait, suivie des porteurs de la boîte à bétel et de la pipe. Quant au bonze, il était resté dans le pagode. En ayant fermé les portes, il s'approcha du plateau des offrandes, le soupesa et le trouva plus lourd que les années précédentes. Mais sa joie fut de courte durée. La lumière d'une bougie qu'il avait prise sur l'autel pour procéder au tri de sa recette, lui révéla que les cents de cuivre étaient rares et les pièces d'argent totalement absentes. Il eut un soupir de tristesse devant l'amoncellement des sapèques, et tandis qu'un bonzillon les enfilait une à une sur des liens de rotin, il inclina par trois fois, avec componction, jusqu'à terre, un front mélancolique qui martela doucement le sol d'argile battue.

— O Génies, soupirait-il, vous qui veillez sur la contrée, du fond de ce temple, rallumez sans retard dans le cœur de vos fidèles une foi défaillante, sinon le pauvre bonze n'aura bientôt plus de quoi entretenir décemment vos autels et se sustenter.

FIN

www.ingramcontent.com/pod-product-compliance
Ingram Content Group UK Ltd.
Pitfield, Milton Keynes, MK11 3LW, UK
UKHW031910260826
14628UKWH00003B/1107

9 782329 208220